안녕, 내 첫사랑

안녕, 내 첫사랑

이금이 장편소설

밤티

차례

연아다.

중학교 교복을 입은 연아가 횡단보도 맞은편에 서 있다.

초등학교를 졸업하고 처음이다.

동재의 심장이 쿵쿵 뛰기 시작했다.

연아는 친구와 팔짱을 끼고 서서 이야기하고 있었다.

동재와 다른 학교에 다니는 연아는 그새 키가 더 큰 것 같았다.

그리고 여전히 빛났다.

초록불로 바뀌자 동재는 횡단보도로 내려섰다.

한 걸음, 한 걸음, 연아와 거리가 가까워졌다.

하필, 그때

“찬혁아, 내일 연아랑 투투잖아. 우리가 파티해 줄게.”

경모 목소리가 교실에 울려 퍼졌다. 자기네 무리에게 한 말이겠지만 다른 아이들까지 술렁댔다. 방찬혁의 일이기 때문이다. ‘투투데이’는 사귄 지 22일째 되는 날을 말한다. 보통 자기들끼리 기념하지만 때로는 친구들이 220원이나 2천200원씩 걷어 파티를 해 주기도 한다.

‘그깟 투투 가지고 유난은…….’

1초도 안 되는 사이에 동재는 투투데이의 주인공인 연아와 찬혁을 모두 훔쳐보았다. 찬혁이 말리는 시늉을 했지만 본심을 감추기에는 어설펐다. 평소 아이들과 사진도 찍어 주고, 다른 연예인 사인을 받아다 주는 대가로 그쯤은 괜찮다는 표정이었다. 아역 배우인 찬혁은 얼마 전 톱스타 강수하의 어린 시절 역에 캐스팅돼 곧 드라마 촬영에 들어간다. 그런 녀석이 표정 관리 하나 제대로 못하는 걸 보면 그 드라마는 망할 게 분명하다.

또 다른 주인공인 연아는 배우가 아닌데도 진솔한 연기를 펼치고 있다. 동재보다 앞에 앉아 있어 표정이 보이진 않지만 고개를 숙인 뒷모습이 억지로 커플이 된 괴로운 심정을 드러내는 것 같았다. 사실 연아의 속마음은 모르지만, 동재는 그렇다고 믿고 싶었다.

경모와 그 무리가 돈을 내기 시작하자, 평소 찬혁과 친하지도 않던 애들까지 동참했다. 연예인 사인을 부탁하려는 속셈이 있겠지만 찬혁과 연아의 투투는 반 전체의 행사가 된 분위기였다. 승주가 모자를 벗어 들고 아이들이 주는 돈을 받았다.

2학기 첫날인 8월 30일부터 연아를 좋아한 동재는 속이 쓰렸다. 지금은 11월 초이니 그깟 '투투'를 세 번은 했을 기간이다.

체육관에서 개학식을 마치고 나오는데 자리에 놓고 온 텀블러를 연아가 챙겨 주었다. 그때 동재 마음속은 아빠의 결혼이 남긴 상처로 가득한 상태였다. 아빠는 개학 9일 전 두 번째 결혼을 했다. 예식 대신 신랑 신부의 가족, 친지가 식당에 모여 밥을 먹었다. 분위기는 화기애애했다. 스무 명쯤 되는 사람 중에서 웃지 않은 사람은 동재뿐이었을 거다. 심지어 신부의 딸까지도 자기 엄마가 결혼하는 게 뭐 그리 좋은 일이라고 방긋방긋 웃었다.

집도 싫고, 학교도 싫고, 친구들도 싫던 그때 연아가 텀블러를 건네며 말했다.

"정동재, 이거 놓고 갔어."

그 순간 연아가 동재 마음속에 들어왔다. 연아가 왜 좋은지는 설명할 수 없었다. 굳이 말하자면 '하필, 그때'라고 할 수 있겠다. 동재가 열세 살 인생 중 가장 큰 아픔을 겪고 있던 그때.

동재는 연아와 한 공간에 있는 것만으로도 좋았다. 그 애가 공부에 열중하고, 아이들과 웃으며 이야기를 나누고, 밥을 먹고, 체육 시간에 운동장을 뛰어다니는 모습을 지켜보는 것만으로도 학교가 좋았고, 집에서 겪는 괴로움을 잊었다.

동재가 혼자 좋아하며 바라보고만 있는 사이 찬혁은 연아와 사귀기 시작했다. 그것도 아주 떠들썩하게.

승주가 다가오고 있었다.

“똥재, 너도 낼 거야?”

짝인 민규가 물었다. 민규는 친구를 이름보다 별명으로 불러 주는 게 참다운 우정이라고 생각하는 아이다.

“내긴 뭘 내?”

동재는 퉁명스레 대꾸했다. 강요하는 사람은 없지만 자발적으로 내는 아이들이 많아지면서 모자가 왔을 때 모르는 척하기도 민망한 상황이 돼 가고 있었다.

“난 승주랑 같은 라인에 산단 말이야. 주이 누나 사인도 갖고 싶고.”

아이돌 그룹 멤버인 주이는 찬혁이 출연하는 드라마에서 강수하 동생으로 나온다.

“그러면 내든가, 멍게야.”

멍게라는 별명도 이름에서 비롯됐지만 여드름이 돋아나기 시작하는 민규 얼굴을 보면 제대로 붙인 것 같다.

모자가 다가올수록 동재의 심장 박동도 빨라졌다. 머릿속엔 투투를 축하해 줄 돈이 든 모자를 뒤엎은 뒤 연아 손을 잡고 교실을 뛰쳐나가는 상상이 펼쳐졌다.

드디어 모자가 앞으로 왔다. 동재는 어금니를 지그시 물며 동전과 천 원짜리가 담긴 모자를 노려보았다. 민규가 주머니에서 천 원을 꺼내 들고 말했다.

"이따 뭐 사야 하는데 거슬러 주는 건 없어?"

"쪼잔하게 거슬러 달라긴. 낼 거면 그냥 내, 인마."

승주 말에 민규는 돈을 넣었다. 물론 주이 사인도 말했다.

"넌 안 내?"

상상처럼 모자를 뒤엎기는커녕 안 낸다고 말하기도 어려웠다. 동재의 손은 주머니 속 5천 원을 쥐고 있었다. 아빠 결혼 때 친척들이 준 용돈에서 마지막으로 남은 돈이었다. 할머니, 할아버지, 큰아빠, 큰엄마, 고모, 고모부가 각자 돈을 주었다. 새엄마 쪽 가족도 지갑을 연 덕분에 동재는 설날보다 더 많은 수입을 올렸다. 한동안 동재는 부모가 5층짜리 건물을 소유한 민규보다 더 흥청망청 돈을 쓰고 다녔다. 아빠는 마음대로 새장가도 가는데 나는 이것도 못 하나, 하는 생각에 절제가 안 됐다.

그런데 결혼하자마자 아줌마는 새엄마 아니랄까 봐 용돈 주는 방식부터 새롭게 정했다. 아빠가 동재 돈 씀씀이를 고자질한 게 틀림없었다. 치사하게 설거지, 청소, 화분 물 주기, 재활용 분리배출, 신발 정리 같은 집안일에 5백 원부터 2천 원까지 값을 매겨 놓았다. 그동안 집에서 손가락 하나 까딱하지 않고도 돈을 펑펑 쓰던 동재는 용돈에 관한 새로운 규칙이 억울하기만 했다.

'엄마라면 당연히 집안일을 해야지. 그게 싫으면 엄마를 그만두든가. 내가 하나 봐라.'

동재는 돈으로 자신을 굴복시키려는 새엄마의 계략을 일찍이 간파했다. 공기와도 같은 돈을 구박의 무기로 삼은 아줌마에 비하면 신데렐라나 콩쥐 새엄마는 순진하고 착한 것 같다.

새 용돈 규칙의 최고 수혜자는 아줌마의 딸인 은재였다. 자기 엄마가 결혼하는데도 방긋방긋 웃던 은재는 동재보다 한 살 어렸다. 은재가 집안일로 돈 버는 걸 보면 용돈 규칙은 아줌마가 자기 딸을 위해 만든 게 분명했다. 아빠는 규칙 따위를 잘 지키는 사람이 아니다. 동재의 성적이 떨어졌을 때 하루에 문제집 다섯 장씩 푸는 규칙을 정했지만 곧 흐지부지되었다. 아빠가 먼저 검사 규칙을 어겼기 때문이다. 엄마와 한 약속도 번번이 어기다 이혼당한 사람이 아줌마 말이라면 지옥에라도 갈 기세다.

'내가 집안일을 할 줄 알아? 꿈 깨라 그래.'

동재에게 남은 5천 원은 저항을 위한 마지막 보루였다.

"안 낼 거야? 돈 없어?"

승주가 물었다.

'연아와 찬혁의 투투를 인정할 수 없어!'

마음속으로 결연히 외쳤지만 입 밖으로 나온 말은 "없어."였다. 그것도 당당한 "없어."가 아니라 떨리는 목소리로 뱉은 "어, 없어."였다.

"주머니에 손 넣고 있는 거 보니까 있는데."

눈치 없는 민규가 동재 손을 잡아 빼자 5천 원짜리가 딸려 나왔다. 동재 얼굴이 시뻘게졌다.

"그런 큰돈은 우리도 안 받아. 사천 원 거슬러 줄게."

돈을 가져간 승주가 모자 속에서 백 원짜리, 5백 원짜리 순으로 동전을 골라내기 시작했다. 조금 전 떨리는 목소리로 뱉은 "어, 없어."가 죽고 싶을 만큼 창피했던 동재는 자기도 모르게 외쳤다.

"거스름돈은 됐어!"

가족

엄마는 동재가 보낸 메시지를 아직 읽지 않고 있다. 동재의 시간이 오후 6시 반이면 엄마의 시간은 오전 10시 반이다. 수업 중인 모양이다. 대학생 때 스페인어를 전공한 엄마는 지금 마드리드에서 대학원에 다닌다. 오래간만에 다시 공부하려니 너무 바쁘고 힘들다고 했다. 그 말은 이해됐지만 공부하는 게 행복하고 즐겁다는 말은 이해도 공감도 가지 않았다.

엄마의 꿈은 스페인어 번역가다. 동재는 자라나는 아이들이나 장래 희망을 가지는 건 줄 알았다. 엄마의 꿈이 아들이 아니라 다른 무엇인 걸 처음 알았을 때 솔직히 많이 서운했다. 엄마가 작년에 스페인으로 떠났을 땐 엄마한테 연락이 와도 모른 척하겠다는 다짐까지 했다. 그 다짐은 곧 사라졌지만 여덟 시간이라는 시차가 엄마와 동재의 사이를 방해했다. 그래도 아빠와 둘이 살 때는 보이스톡이나 영상 통화를 자주 했다. 하지만 아빠는 결혼하면서 동재에게 엄마와의 연락을 금지시켰다. 부탁도 사정도 아닌 명령이었다.

"새엄마하고 정을 붙이는 게 우선이니까 당분간은 엄마하고 연락하지 마. 네 엄마한테도 그렇게 얘기할 거야."

동재는 엄마가 아빠 말을 단번에 거절할 거라고 믿었는데 엄마는 잘됐다는 듯이 통화 대신 메신저나 이메일로 연락하자고 했다. 자주 끊기고, 또 시간대가 안 맞아 불편할 때가 많더라도 동재는 직접 통화하는 게 좋았다. 친구들이나 다른 사람들과는 메시지가 편하지만 엄마하고는 아니었다. 통화할 땐 슬픔이든, 외로움이든, 그리움이든 설명할 필요가 없었다. 목소리나 표정이 저절로 알려 주기 때문이다. 하지만 그 감정들을 문자로 옮기면 마음을 백만분의 일도 표현하지 못하면서 낯간지럽기는 억만 배나 돼 다섯 줄을 쓰면 네 줄은 지우게 된다.

엄마에게 다시 메시지를 보내고 있는데 노크 소리가 났

국내 청소년문학의 태동기와 성장기를 이끈

이금이 작가의 치열하고 성실한 기록

1999년 『너도 하늘말나리야』

2004년 『유진과 유진』

2006년 『주머니 속의 고래』

2008년 『벼랑』

2009년 『첫사랑』 (개정 후 『안녕, 내 첫사랑』)

2010년 『우리 반 인터넷 소설가』 (개정 후 『마리오네트의 춤』)

2010년 『소희의 방』

2012년 『신기루』 (개정 후 『거인의 땅에서, 우리』)

2013년 『얼음이 빛나는 순간』

2014년 『숨은 길 찾기』

마리오네트의 춤

봄이를 제외한 우리 반 26명은 모두 봄이보다는 자기가 더 예쁘고 날씬하다고 생각한다. 그런데도 기껏해야 여드름 난 동급생이나 입시에 찌든 한두 해 선배를 사귀는 게 고작이다. 봄이에게 잘생긴 대학생 남자 친구가 있다는 건 불공평하다는 생각이 바이러스처럼 빠르게 교실에 퍼졌다. ◦ 본문 58쪽

자기 주도성조차 이 사회의 굳어진 질서 안에서 발현되길 바라는 어른들이 있는 한 아이들은 마리오네트의 삶에서 벗어날 수 없을 것이다. 아이들에게 마리오네트의 삶을 강요하는 어른들 역시 크고 넓게 보면 고정관념이나 통념에 조종당하고 있는 존재들이다.

— '작가의 말'에서

국립어린이청소년도서관 추천도서 | 『학교도서관저널』 추천도서 | 네이버 북리펀드 선정 도서

거인의 땅에서, 우리

"하늘 저 위에 고비보다 더 넓은 땅 있어요. 그곳에 양 치는 거인 사는데 밤마다, 밤마다 불 피워요. 불똥이 튀어서 거인 옷에 구멍이 아주 많이 났는데 그 구멍으로 불 보여요. 그게 저 별들이에요."

바타르의 목소리가 아득하게 느껴졌다. 끝없이 펼쳐진 저 검푸른 하늘이 거인의 옷자락이라니……. ◦ 본문 78쪽

함께 갔던 17세 딸이 고비 사막에서 말하길, 아무것도 안 하면서 이토록 마음이 편한 건 처음이라고 했다. 그 말은 청소년의 삶뿐 아니라 그 아이들을 둘러싼 어른들의 삶 또한 더 깊이 들여다보게 만드는 계기가 돼 주었다.

— '작가의 말'에서

서울시립어린이도서관 추천도서 | 아침독서 청소년 추천도서 | 네이버 북리펀드 선정 도서

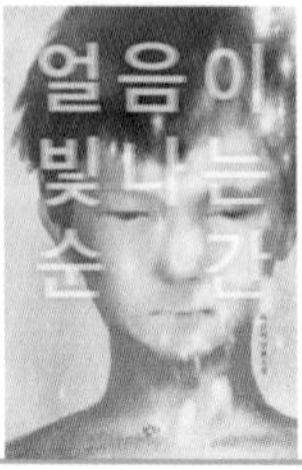

얼음이 빛나는 순간

"얼음장이 그런 빛을 낼라카마 우선 깨져야 하고 돌부리나 굴곡진 길을 두려워하지 않아야 하는 기여. 사람 사는 일도 마찬가지다. 인생은 우연으로 시작해서 선택으로 이루어지는 기라. 사는 기 평탄할 때는 그 사람이 어떤 사람인지 잘 몰라. 고난이 닥쳤을 때 어떤 선택을 하는지를 보마 그제사 진면목을 알 수 있는 기지." ◦ 본문 241쪽

> 소설의 주요 인물인 지오, 석주, 은설은 20대이다. 마치 내 다른 작품들 속에서 치열한 삶을 살아온 청소년들이 20대로 성장해 내 앞에 선 것 같았다. 개정 작업을 하면서 나는 세 젊은이에게 이 소설을 처음 쓸 때보다 더 깊은 애정과 이해와 연민을 느꼈다. (중략) 인간과 삶을 좀 더 깊이 있게 볼 여유가 생긴 것이다.
>
> — '작가의 말'에서

『학교도서관저널』 추천도서

너도 하늘말나리야

미르는 또 한 마리의 새가 나뭇가지에 앉아 있는 풍경을 떠올렸다. 그런데 혼자인 줄 알았던 새들은 함께 나뭇가지 사이를 날아다니며 놀았다. 그리고 외따로 앉아 그 모습을 구경하는 또 한 마리의 새. 바로 자신의 모습이었다. 미르도 엄마가 돌아가신 바우나 부모님이 없는 소희와 다를 바 없는 처지였다.

◦ 본문 48쪽

> '하늘말나리'는 소희를 상징하는 꽃이다. '너도 하늘말나리야'란 제목을 붙이게 된 까닭은 소희가 작품 속에서 그만큼 자기 자리를 넓혔기 때문이다. 그리고 내가 독자에게 해 주고 싶은 말이기도 했다.
>
> — '작가의 말'에서

초등학교·중학교 국어 교과서 수록 | 책으로따뜻한세상만드는교사들 추천도서 | 어린이도서연구회 권장도서 | 책읽는교육사회실천협의회 추천도서 | 한국출판인회의 선정 이달의 책 | 서울시교육청 교과별 권장도서 | 경기도교육청 독서감상문 경시 대회 선정 도서 | 부산시교육청 독서인증제 권장도서 | 중앙일보 선정 좋은 책 100선

다. 동재는 얼른 게임을 하는 척했다. 은재였다.

"오빠, 부침개 먹어. 점심 대신이래."

고소한 기름 냄새가 방 안으로 밀려들었다. 그 냄새에 섞인 아빠와 아줌마의 웃음소리도 들려왔다. 기름 냄새에 시장기가 몰려왔지만 동재는 퉁명스레 대꾸했다.

"안 먹어. 문 닫아."

노크 소리에 나쁜 짓이라도 하고 있던 것처럼 휴대폰 화면을 바꾼 게 화가 났다.

"아빠가 열심히 만드시는데 나와서 좀 먹어."

마치 동생을 어르는 듯한 은재의 말투가 거슬렸다.

"안 먹는다니까!"

동재는 휴대폰이 아빠라도 되는 양 내동댕이치며 소리 질렀다. 샐쭉해진 은재가 문을 쾅 닫으며 말했다.

"아빠, 오빠 안 먹는대요."

은재는 처음부터 '아빠'와 '오빠' 소리를 스스럼없이 했다. 하지만 동재는 한집에 살게 된 지 두 달이 넘었지만 아직도 아줌마와 은재가 어색하고 불편했다.

"인마, 은재 봐라. 그 애라고 갑자기 우리랑 지내는 게 쉽겠어. 자꾸 아빠, 아빠 하면서 따르니까 정이 가잖아. 너도 아줌마한테 좀 그래 봐. 새엄마가 네 눈치 보는 거 보면 내가 더 미안하다."

아빠가 목욕 가서 한 말이었다. 아줌마가 시킨 줄도 모르고 동재는 아빠와 단둘이 찜질방에 가는 게 신났다. 동재는 아빠가 결혼한 걸 미안해하며 위로해 줄 줄 알았다. 그래서 '아빠만 행복하다면 난 괜찮아.' 같은 마음에도 없는 멋진 대사까지 준비해 두었다. 하지만 아빠는 그저 아줌마와 은재에게 잘 보일 궁리만 했다.

"아줌마가 무슨 내 눈치를 본다고 그래? 그리고 은재는 원래부터 아빠가 없었다니까 그 소리가 잘도 나오는지 몰라도 난 싫어. 난 아빠처럼 배신자가 아니라고!"

동재는 아빠에게 쏘아붙였다.

그런데 엄마는 아들의 의리를 알아주기는커녕 메시지 답조차 제때제때 하지 않을 때가 많았다. 동재는 물이 쏟아지는 샤워 꼭지 아래에 머리를 들이대고 눈물을 감추었다. 배신자 아빠 앞에서는 절대로 눈물을 보이고 싶지 않았다.

"세상에 아빠 없는 자식이 어딨냐? 은재가 어렸을 때 돌아가셔서 기억을 못 하는 거지."

아줌마가 아빠와 결혼하기로 결정한 이유 중에는 은재와

같은 정 씨이고, 두 아이가 진짜 남매처럼 이름 끝 글자가 같은 것도 있다고 했다. 정동재, 정은재. 동재가 생각해도 우연치고는 신기했다. 그 사실이 아줌마에게는 가족으로 살라는 운명처럼 여겨졌다나. 새 부부는 그걸로 자신들의 결혼에 큰 의미를 부여했지만, 동재에게는 낯선 사람들과 살아야 하는 재난에 불과했다.

"정동재! 간만에 온 식구가 모여서 이야기 좀 나누려는데 왜 안 나와."

문이 불쑥 열리며 앞치마를 두른 아빠가 나타났다. 아빠는 밖을 의식한 듯 큰 소리로 말하며 빨리 나오라고 눈을 찡긋거렸다. 그런 아빠를 봐서는 죽어도 나가기 싫었지만 배 속에서 꼬르륵거리는 소리가 났다.

"에이, 안 먹는다는데 왜 자꾸 귀찮게 하는 거야."

동재는 정말 싫지만 집안의 평화를 위해 먹어 주겠다는 표정으로 일어섰다.

은재 입에 부침개를 넣어 주던 아줌마가 동재를 보곤 말했다.

"얼른 와, 동재야. 되게 맛있다."

온라인 의류 쇼핑몰을 하는 아줌마는 멋쟁이에다 말투도

상냥했다. 식탁에 앉으려던 동재는 '안 먹는다더니?' 하는 은재의 표정을 보는 순간 입맛이 싹 달아났다. 게다가 모녀가 떡하니 앉아서 아빠가 해다 바치는 부침개를 먹고 있는 모습에 다시 속이 뒤틀렸다.

동재는 식탁에 앉는 대신 밖으로 나왔다. 문이 쾅 하고 닫히는 소리에 움찔했다. 도어 락 잠기는 소리가 다시는 들어갈 수 없음을 알리는 경고처럼 들렸다. 동재도 다시 들어가고 싶지 않았지만 팔뚝에 소름이 오소소 돋았다. 반팔 차림으로 나오기에는 추운 날씨였다.

계단참에 난 창으로 바람에 흩날리는 은행나무 잎이 보였다. '이런 날 어디 반팔 차림으로 나오겠다는 거야?' 하고 위협하는 것 같았다. 슬리퍼 속 맨발에도 한기가 느껴졌다. 은재 모녀의 계략에 걸려든 느낌이었다.

비록 자기 뜻이 아니었다고 해도 문까지 요란스레 닫고 나왔는데 옷을 가지러 다시 들어갈 수는 없었다. 동재는 적에게 포위된 장수처럼 당황스러운 마음으로 주위를 둘러보았다. 엘리베이터나 계단으로 빠져나갈 수는 있지만 밖에는 11월의 찬바람이 기다리고 있다. 앞집이 눈에 들어왔다. 동재네가 이사 오자마자 얼굴을 익힐 틈도 없이 이사 간 뒤 아직 비어 있는 집이다. 전에 살던 사람이 떼어 갔는지 도어락 자리가 비어 있었다.

아빠와 아줌마는 가끔 앞집을 화제에 올렸다.

"앞집은 아직도 이사를 안 오네요."

"그러게요. 좋은 이웃이 오면 좋을 텐데요."

동재는 두 사람이 '이랬어요, 저랬어요.' 하는 것도 밥맛이었다. 아빠는 대학 동기인 엄마와 서로 반말을 했으며 싸울 때는 동재가 듣는 데서도 좋지 않은 말들을 마구 써 댔다. 그러던 사람이 아줌마와 세상 점잖게 존댓말로 대화하는 걸 보면 닭살이 돋았다.

엄마 아빠는 동재가 4학년 때 이혼했다. 처음엔 아빠가 집을 나가고 엄마와 둘이 살았다. 동재는 이사도 안 가고, 아빠와도 자유롭게 만나서 부모의 이혼이 크게 실감 나지 않았다. 친구들이나 이웃들은 아빠 직장 때문에 떨어져 사는 줄 알았고 동재도 굳이 사실을 밝히지 않았다.

학습지 방문 교사였던 엄마는 작년, 오랜 꿈이었던 계획을 실행에 옮겨 스페인으로 떠나겠다고 했다. 동재는 아빠하고 사는 것도 나쁘지 않았다. 솔직히 아빠가 엄마보다 잔소리도 덜하고, 동재 마음도 더 많이 이해해 주는 편이었다.

엄마가 떠나고 아빠가 다시 집으로 들어왔다. 그사이 아빠는 회사를 그만두고 배달 대행 사무실을 차렸다. 그때도 동재의 삶은 크게 달라지지 않았다. 하지만 아빠가 새로 결혼하면서 모든 상황이 급격하게 바뀌었다. 다른 동네로 이사를 했고, 생판 남이던 사람들과 가족이 되었다.

가장 적응 안 되는 건 아빠의 변화였다. 새 아내와 딸까지 생긴 아빠는 전과 달리 어찌나 사교적으로 변했는지 만나는 사람마다 사무실 명함을 건네며 인사했다. 국회의원 선거에라도 나간 사람처럼 말이다. 9층에 사는 동 대표 할머니는 동재네 가족을 볼 때마다 아들 하나, 딸 하나, 골고루 둔 동재네의 화목함을 침이 마르도록 칭찬했다.

집 안에서 웃음소리가 들려왔다. 그 순간 동재는 깨달았다. 동 대표 할머니의 '화목한 가족'이란 말이 맞는지 모른다. 자신만 빠진다면.

비어 있는 집

동재는 어디로든 가고 싶었다. 하지만 갈 데는 물론 돈도 휴대폰도 없었다. 그때 누군가 계단으로 올라오는 소리가 들렸다. 모르는 사람이 보면 영락없이 잘못을 저질러 집에서 쫓겨난 꼬락서니인 동재는 자기도 모르게 앞집으로 가서 현관문 손잡이를 잡았다. 얼결에 돌리는 시늉을 했는데 정말로 손잡이가 돌아갔다. 동재는 뛰는 가슴을 누르며 조심스레 문을 열었다. 그러고는 고개를 디밀어 안을 들여다보았다. 갇혀 있던 퀴퀴한 냄새가 콧속으로 파고들었다.

광고지 돌리는 아저씨가 나타난 순간 동재는 얼른 안으로 들어섰다. 동재네 집 앞에 머물렀던 발소리는 위층으로 멀어져 갔다. 동재는 문에 몸을 기댄 채 한동안 가만히 서 있었다. 비어 있어도 남의 집이다. 하지만 추위를 피할 수 있어 다행이란 생각이 더 컸다. 빈집이니 있을 만큼 있다가 적당한 때 집으로 가면 된다.

동재는 신을 신은 채 거실로 들어섰다. 침입자가 된 듯한 기분이 들었지만 신을 벗기에는 발이 시렸고 바닥도 지저분했다. 붙박이 TV장만 남긴 채 살림살이를 들어낸 거실은 부부였다 남남이 된 엄마 아빠 사이처럼 썰렁해 보였다.

동재는 공부를 마치고 돌아오면 엄마와 살리라 다짐했다. 아빠와는 영원히 만나지 않아도 상관없다. 귀여워 죽고 못 사는 딸이 생겼으니 평생 은재 아빠로나 살라지. 울컥하려는 순간 현관문 손잡이를 돌리는 소리가 났다.

기절할 만큼 놀란 동재는 얼른 안방으로 뛰어들었다. 방문을 닫기에는 너무 늦었다. 동재는 문 뒤에 숨어 밖의 기척에 귀를 기울였다. 집주인일까? 아니면 도둑? 혹시 광고지 돌리는 아저씨가 남의 집에 들어온 걸 알고 쫓아온 걸까? 심장이 밖으로 튀어나올 것처럼 뛰었다. 동재는 밖에 있는 사람이 그 소리를 들을까 봐 숨을 죽였다.

"여보세요? 지수야, 나야."

들려온 목소리는 뜻밖에도 은재였다. 동재는 집주인이나 도둑보다 은재인 게 더 당황스러웠다. 남의 집에 몰래 들어온 건 마찬가지지만 들킬 경우 더 우스운 꼴이 되는 사람은 자신이었다. 호기롭게 집을 뛰쳐나와서는 고작 비어 있는 앞집에 숨은 꼴이라니. 은재에게 두고두고 비웃음을 살 게 뻔했다.

다행히 은재는 거실에서 통화를 했다. 남의 말을 엿듣고 싶지 않았지만 귀이개처럼 귓속을 파고드니 동재도 어쩔 수 없었다.

“미안해. 그동안 페메 확인을 안 했어.”

하긴, 너라고 엄마가 결혼한 게 좋겠냐. 처음으로 은재에게 동질감을 느끼려는데 다음 말이 들려왔다.

“그저 그래. 아저씨는 잘해 주는데 아들은 왕재수야. 우리 엄마가 자기네 아빠를 구제해 줬으면 고마운 줄 알아야지, 뭐가 잘났다고 엄마하고 나한테 엄청 틱틱거려.”

아저씨? 왕재수? 구제? 그럼 그렇지. 앞에서는 ‘아빠’, ‘오빠’ 하며 알랑방귀를 뀌더니 저게 본색이었어. 누가 구제해 달랬냐? 그동안 아빠랑 둘이서도 잘만 살았다고. 너야말로 왕재수, 왕싸가지다! 동재는 쫓아 나가 퍼붓고 싶은 걸 겨우 참았다.

"엄마랑 둘이서만 살다 갑자기 남자들이랑 사니까 넘 불편해."

누가 할 소린데! 아빠와 단둘이 살 때는 팬티 차림으로 온 집 안을 돌아다녀도 상관없었다. 벗은 옷을 아무 데나 집어 던져도, 아빠가 올 때까지 늦도록 컴퓨터 게임을 해도, 시켜 먹은 피자 조각이 식탁 위에 굴러다녀도, 컵라면 가락이 책상에 말라붙어도 문제없었다. 오히려 가끔 청소와 요리를 해 주러 오는 할머니와 고모에게 연민을 더하는 장치가 돼 주었다. 이따금 엄마를 탓하는 게 거슬리긴 했지만 그 덕분에 받는 특혜나 관심이 나쁘지 않았다.

할머니나 고모가 다녀간 며칠 뒤면 집은 다시 청소라고는 몇만 년 동안 한 번도 안 한 것 같은 상태로 돌아갔다. 내키는 대로 어지르며 사는 게 편하기는 했지만 빨래 바구니에서 덜 더러운 양말을 고를 때면 짜증이 나기도 했다. 고모가 더는 도와주지 않겠다며 집안일을 직접 하거나 가사 도우미를 부르라고 했지만 아빠도 동재도 낯선 사람이 집에 드나드는 걸 원치 않았다.

"엄마가 왕재수 때문에 속상해할 때면 쫓아가서 퍼붓고

싶은데 아저씨 봐서 참아. 너도 우리 새아빠가 내 생명의 은인인 거 알잖아."

동재도 아는 일이다. 아줌마는 아빠네 사무실 단골이었다. 일손이 부족해서 아빠가 직접 운송 물품을 가지러 간 하필, 그때 은재가 아팠다.

아빠는 배를 붙잡고 뒹구는 은재와 놀라 어쩔 줄 몰라 하는 아줌마를 태우고 병원에 갔다. 은재가 아빠 덕분에 늦지 않게 맹장 수술을 한 뒤 아줌마가 고맙다고 차를 사고, 그 답례로 아빠도 밥을 사면서 둘은 서로 싱글 대디, 싱글 맘인 걸 알고 친해졌다고 한다.

"휴, 내가 참아야지. 한 살 많아도 정신 연령은 나보다 낮다, 하며 산다니까."

은재 목소리가 들려왔다. 저게! 내가 봐주는 건 줄도 모르고. 동재는 주먹을 부르쥐었다.

"좋은 거? 음……, 엄마 힘든 일을 아빠가 대신 해 줄 때. 이젠 엄마가 새벽에 도매 시장 가도 마음 편히 잘 수 있어. 아저씨랑 같이 가니까."

뭐? 아빠를 부려 먹으려고 결혼한 거였어? 완전 모녀 사기단이잖아. 아빠한테 알려야 해. 동재는 이를 꽉 물었다.

"그리고 또 좋은 거는 옛날엔 집에다 쇼핑몰 상품들을 놔둬서 지저분했는데 지금은 아저씨랑 사무실을 같이 쓰니까 집이 깨끗하고 좋아. 너 와서 보면 옛날 우리 집하고 완전 달라서 놀랄 거야. 방학 때 초대할게."

흥, 누구 맘대로 친구를 초대해? 그리고 옛날에는 지저분하게 해 놓고 살았다고? 집에서도 화장하고 잘 차려입고 있는 아줌마의 본색이 드러날 날도 얼마 남지 않았다.

"아무튼 엄마랑 둘만 살 때보다 사건이 많아서 심심하진 않아."

매운맛

학교 갈 준비를 하느라 바빠 죽겠는데 아줌마가 상냥한 목소리로 동재를 불렀다. 아줌마는 도르르 말린 동재의 양말을 들고 있었다.

"동재야, 네가 이렇게 벗어 놓으면 다른 사람이 또 수고를 해야 하잖아. 앞으로는 제대로 벗어 놔 줄래."

학교 가는 애를 붙잡고 잔소리한다고 아줌마를 나무라기는커녕 아빠는 동재에게 앞으로 또 그러면 혼낼 거라며 으름장을 놓았다. 동재는 어이가 없어 아빠를 노려보았다. 양말 뒤집어 벗어 놓는 건 부자가 똑같다고 엄마가 화내던 기억이 생생했다. 엉망이던 예전의 집 안 모습을 찍어 두지 않은 게 억울했다.

동재는 인사도 하지 않고 집을 나왔다. 중학생이 되면 일진에 들어가 초딩들 삥을 뜯고, 오토바이 폭주족이 될 거야(뒷자리에 연아를 태우고 달릴 거다). 동재는 비행 청소년이 돼 은재 엄마에게 저항하고, 자신을 이런 상황에 내동댕이친 아빠나 엄마에게도 매운맛을 보여 주리라 결심했다.

종례를 마친 뒤 민규가 할 이야기가 있다고 했다.

"무슨 얘기? 학원 가야 하잖아."

"떡볶이 사 줄게. 오늘만 땡땡이쳐라, 응?"

미래에 저지를 비행에 비하면 학원 빠지는 것쯤은 애교에 불과하다. 그런데도 동재는 깜짝 놀라 물었다.

"뭐? 넌 학원 안 가?"

"난 이번 달에는 학원 다 끊었다고 했잖아."

예비 중학 반 개강하기 전에 한 달만 실컷 놀게 해 달라고 엄마를 졸라서 허락받았다던 게 생각났다. 늦둥이인 민규는 부모님이나 직장에 다니는 큰누나보다 대학생인 작은누나를 더 무서워했다.

"우리 엄마는 내 말이라면 무조건 다 들어줘. 작은누나한테만 안 들키면 돼. 그런데 우리 누나 요새 취준생이라 바빠서 나 감시할 틈이 없거든."

지난주에 열린 체육 대회 때 민규 부모님은 반 대항 계주 선수로 나간 아들을 열렬하게 응원했다. 3등으로 들어온 민규 궁둥이를 두드려 대는 민규 엄마를 보니 동생에게 무섭게 구는 누나의 심정이 이해됐다. 동재는 엄마가 스페인에서 온다고 해도 아이들 앞에서 끌어안고 엉덩이를 두드리면 쪽팔리고 화날 것 같았다. 그런데 민규는 아무렇지 않은지 쭈쭈바를 문 채 신나 했다.

동재가 선뜻 학원 빠진다는 소리를 하지 않자 민규가 귀에 대고 속삭였다.

"있지, 여자 얘기야."

"뭐?"

동재는 무슨 이야긴가 싶어 민규를 바라보았다.

"나, 좋아하는 애 생겼거든."

"누군데?"

호기심이 솟구쳤다.

"이따 얘기해 줄게."

동재는 민규와 함께 교문을 나섰다. 학교 담장 옆에 죽 늘어선 학원 차들 가운데에는 동재가 타야 하는 수학 학원 차도 있었다. 원장님이 직접 운전하기 때문에 들키면 꼼짝없이 끌려가야 한다. 동재는 주차된 학원 차들과는 반대쪽으로 빨리 걸었다.

맛나 분식 앞에서 동재가 말했다.

"나, 오늘 급식 맛없는 거 나와서 조금 먹었더니 배고파. 컵떡볶이 말고 더 거한 거로 사라."

"안 돼. 천 원밖에 없어."

걸핏하면 5층 건물 후계자라고 자랑하면서도 민규 주머니 속엔 언제나 천 원뿐이었다.

"너희 집 잘사는 거 맞냐? 무슨 부잣집 아들이 맨날 천 원밖에 없어."

동재는 비상금을 숨겨 뒀을지 몰라 민규의 자존심을 긁었다. 하지만 민규는 꿈쩍도 하지 않았다.

"그래도 너처럼 땡전 한 푼 없지는 않잖아."

맞는 말이지만 동재가 땡전 한 푼 없는 건 은재 엄마에게 굴복하기 싫어서다. 지금이라도 할머니나 고모에게 연락하면 설거지 스무 번이나 신발 정리 백 번 하는 정도의 돈은 당장 보내 줄 거다. 하지만 곧바로 아줌마의 꼭두각시가 된 아빠 귀에 들어갈 게 뻔해서 참고 있을 뿐이다.

"넌 컵떡볶이지? 컵떡볶이랑 컵강정 순한 맛이요."

민규가 주문했다.

"난 순한 맛 졸업했다. 아줌마, 컵떡볶이는 매운맛으로 주세요."

동재가 말했다.

"헥헥거리고 땀 삐질삐질 흘리면서 매운 거 먹는 사람들 이해 안 가더라. 나는 순한 맛이 좋아."

"네가 인생의 매운맛을 알아?"

동재는 '헥헥'과 '삐질삐질'로 매운맛의 위상을 끌어내리려는 민규를 비웃었다.

"나중에 취직 못 하면 우리 건물 1층에 분식집 차릴까? 맛나 분식 비법을 전수받으면 대박 날 거야. 안 그러냐?"

부모에게 버림받은 상처 때문에 폭주족을 꿈꾸는 친구 앞에서 부모에게 물려받을 건물에 분식집 차릴 궁리나 하는 녀석이라니. 그런 민규가 하겠다는 여자 이야기도 시시할 게 분명하다.

둘은 학교 옆 아파트 단지 놀이터로 가서 빈 그네에 나란히 걸터앉았다. 떡볶이 먹는 일이 더 급했던 동재는 마지막

떡볶이를 입에 넣고서야 민규에게 말했다.

"이제 이야기해 봐. 시시한 거면 죽는다."

"어쩌지? 나 연아 좋아하는 거 같아."

민규의 말이 다 끝나기도 전에 동재는 너무 놀라 떡볶이를 꿀꺽 삼켰다. 가슴이 뻐근해지며 눈물이 찔끔 나왔다. 매운맛 때문에 속에서 불이 날 것 같았다.

"너도 놀랐지? 그치?"

민규는 친구를 놀라게 한 게 자랑스럽다는 얼굴이었다.

"언제부턴데?"

동재는 간신히 물었다.

"지난주부턴 거 같아."

"지난주?"

투투도 우스운데 지난주라니. 그리고 찬혁에 비하면 민규는 바람 한 줄기만큼의 무게감도 느껴지지 않는 경쟁자다. 동재 가슴은 곧 진정되었다.

"너, 연아랑 찬혁이랑 사귀는 거 몰라? 어쩌려고 그래?"

구질구질하게 먼저 연아를 좋아했다고 하는 것보다 찬혁을 방패로 내세우는 게 나았다. 하지만 그 말을 하는 순간 동재는 방패가 자기 앞도 가로막는 느낌이었다.

"나도 몰라. 너, 근데 너, 그거, 몽정했냐?"

민규가 갑자기 주변을 둘러보더니 낮은 소리로 물었다. 동재는 '연아'에 이어 '몽정'까지, 민규에게 두 번 놀라다 얼른 정신을 차리고 말했다.

"그럼 아직 안 했을 것 같냐? 버얼써 했다."

하지만 동재는 아직 몽정을 하지 않았다. 이차 성징이 올 기미도 보이지 않았다. 아빠가 이차 성징이 일찍 오면 키가 안 큰다고 해서 다행이라고 생각했는데 민규 말을 듣자 은근히 자존심이 상했다.

"체육 대회 날 밤에 처음 했는데 그때 연아 꿈 꿨다. 내 스타일도 아닌데 걔가 왜 꿈에 나왔는지 모르겠어."

왜 나왔는지 동재는 알 것 같았다. 반짝이 수술을 들고 반 대항 계주를 응원하던 연아는 정말 예뻤다. 그 모습을 훔쳐보며 동재가 애를 태우는 동안 쭈쭈바나 먹고 있던 녀석은 몽정을 했다. 이게 다 그날 밤 동재 방이 돼지우리 같다고 야단치던 아빠 때문이다. 엄마 생각을 하며 울다가 잠들지만 않았어도 연아가 민규의 꿈으로 가는 일은 없었을 거다.

"난 연아처럼 내숭 떠는 애 딱 질색이거든. 그런데 그걸 한 담부터 자꾸 연아 생각만 나고 학교에서도 연아만 보여.

다른 애들이 눈치챌까 봐 미치겠어."

차분한 걸 내숭으로 알다니, 여자 보는 눈이 그렇게 없어서야. 동재는 혀를 차려다 멈추었다. 연아가 좋아졌다니 이제 여자 보는 눈이 생긴 거다.

하지만 연아의 진가를 처음부터 알아본 내가 있는 한은 안 되지. 동재는 또다시 찬혁을 방패로 내세웠다.

"네 마음은 알겠는데 남친 있는 애를 좋아해서 어쩌려고?"

동재 앞의 방패 역시 높고 견고한 벽으로 바뀌었다.

"찬혁이 학교 안 올 때 그냥 확 고백해 버릴까?"

동재는 움찔했다. 날마다 생각하지만 용기가 나지 않아 실행에 옮기지 못하는 일이었다.

"동재야, 너라면 이럴 때 당당하게 고백할 거지? 그때 승주가 돈 걷을 때 거스름돈 됐다고 한 거 겁나 멋있었어!"

민규의 칭찬에 기분 좋으면서도 남의 이름이 쓰인 상장을 받고 시치미 떼는 기분이 들었다.

"미친 척하고 고백해 볼까? 연아가 받아 주면 찬혁이도 어쩌지 못할 거 아냐. 연아랑 사귀면 빼빼로데이 때 용돈 모아 놓은 거 다 털어서 겁나 멋진 빼빼로 선물해야지."

들으면 들을수록 민규와 별다른 것 없는 자신의 처지만

확인되었다.

“그만해라.”

동재는 연아와 관련된 이야기를 더는 듣고 싶지 않았다. 갑자기 민규가 동재를 막아섰다.

“저기……. 네가 나 대신 연아 마음 좀 슬쩍 떠봐 주면 안 되겠냐? 고백했다 거절당하면 쪽팔리잖아.”

“어휴, 저리 꺼져!”

동재는 소리를 버럭 지르며 민규를 떠밀었다.

조각보 이불

학원 차에서 내린 동재는 공원으로 뛰어갔다. 민규가 급한 일이라면서 공원에서 만나자고 했다. 동재네 아파트 후문과 이어진 근린 공원엔 농구장과 인라인스케이트장이 있어서 민규와 가끔 놀곤 했다.

혹시 연아한테 고백했나. 연아는 뭐라고 했을까. 설마 민규 마음을 받아 준 건 아니겠지. 벤치에 앉아 있는 민규의 뒷모습을 보자 가슴이 떨렸다. 민규는 동재가 가까이 가는 것도 모르고 책을 보고 있었다. 휴대폰이 아닌 책이라니. 민규 인생에 큰 사건이 일어난 게 틀림없다. 하지만 알기가 겁났다. 동재가 그냥 돌아서려는데 민규가 불렀다.

동재는 민규와 떨어져 벤치 끄트머리에 엉덩이를 걸치고 앉았다. 민규가 학교에서보다 두 살은 더 먹은 것 같은 표정으로 읽던 책을 내밀었다. 가까이에서 보니 책이 아니라 여자애들이 많이 갖고 다니는 다이어리였다. 여자애들 사이에선 스티커나 사진 같은 걸로 다이어리를 꾸미는 '다꾸'가 유행이었다.

얼결에 받아 든 핑크색 표지엔 하트와 다른 귀여운 스티커가 잔뜩 붙어 있었다. 민규 것일 리는 없었다. 그럼 설마 연아 거? 가슴이 쿵 하고 내려앉았다.

"누구 건데?"

동재가 간신히 물었다.

"닥치고 안이나 봐."

민규가 말했다. 겉장을 넘기자 속지에서 '찬혁 ♡ 연아 FOREVER!'라는 글자가 반짝거렸다.

"이게 뭐야?"

모르는 척 물었지만 동재의 가슴은 이미 무너져 내렸다.

"설마 포레버 뜻 모르냐? 찬혁이랑 연아랑 영원히 사랑한다잖아. 연아가 쓴 거라고!"

민규가 소리를 버럭 질렀다. 동재는 처음보다 더 반짝거리는 글자를 보았다. 가슴속으로 들어온 글자 하나하나가 폭죽처럼 터졌다. 동재의 몫은 불꽃의 화려함이 아니라 불에 덴 듯한 아픔이었다.

"이걸 왜 네가 갖고 있는 건데?"

동재가 간신히 물었다.

"승주가 준 거야. 내일 돌려줘야 돼."

민규가 발부리를 차며 말했다.

"승주는 어떻게 이걸 갖고 있는 건데?"

"연아가 빼빼로데이 때 찬혁이한테 선물한 건데 찬혁이가 자랑하려고 애들한테 돌렸나 봐."

그날은 민규가 연아와 사귀게 되면 멋진 빼빼로를 선물하겠다고 벼르던 날이기도 했다. 동재는 연아가 찬혁에게 준 다이어리를 본 것보다 차라리 민규에게 그런 날이 온 게 낫겠다는 생각이 들었다. 절친이라서가 아니라 민규 정도는 경쟁해 볼 만하다는 자신감 때문이었다.

"네가 보여 달라고 한 거야?"

"승주하고 엘리베이터 같이 탔는데 내 게임기를 자꾸 빌려 달라는 거야. 싫다고 했더니 대신 좋은 거 보여 준다면서……."

동재는 다이어리를 넘겼다. 둘이 찍은 사진이나 예쁜 스티커, 반짝이 펜 등으로 정성스럽게 꾸며져 있었다.

얼핏 '혀기와 함께하고 싶은 일'이란 글귀 아래 '함께 에버랜드에 가기', '롤러코스터에서 좋아한다고 외치기'라고 쓴 게 눈에 들어왔다. 순간 롤러코스터에서 연아가 찬혁에게 좋아한다고 외치는 모습이 너무나도 생생하게 펼쳐졌다. 동재는 속에서 불길이 치솟는 것 같아 다이어리를 덮어 버렸다.

"얘네 빼빼로데이 때 뽀뽀도 했대."

"뭐? 뽀, 뽀뽀?"

동재는 세상이 무너지는 것 같았다.

"응, 찬혁이가 코노에서 연아한테 커플링 끼워 주고 손등에 뽀뽀했대."

손등이라고 해서 더 낫지도 않았다. 드라마 촬영한다고 학교에는 안 나오면서 연아는 따로 만나고 있었다니. 민규의 말은 속에서 치솟는 불길에 기름을 부었다.

"난 연아 포기했어. 이제 나한테는 영원한 절친 똥재뿐이다! 알지?"

민규가 동재 어깨에 팔을 둘렀다.

"꺼져!"

동재는 민규의 팔을 확 뿌리쳤다. 속에서 치솟던 불길이 회오리바람처럼 온몸을 휘감고 돌았다.

그때 민규 휴대폰이 울렸다. 민규가 통화 버튼을 누르자마자 누나의 고함이 튀어나왔다. 학원 끊은 게 들통난 듯했다.

"아, 알았어. 갈게."

민규가 잔뜩 주눅 든 목소리로 전화를 끊곤 일어섰다. 동재가 다이어리를 건넸다.

"지금 이런 거 가져갔다간 작은누나한테 죽어. 승주한테 돌려줘야 하니까 네가 갖고 있다 내일 가지고 와. 나, 간다."

민규는 동재가 대꾸할 새도 없이 가 버렸다. 혼자 남은 동재는 얼결에 떠맡은 다이어리를 내려다보았다. 그리고 자신도 민규처럼 연아를 쉽게 포기할 수 있으면 좋겠다고 생각했다.

동재는 다이어리를 가방 안에 넣고 일어섰다. 나뒹구는 낙엽이 마치 짓밟혀 찢긴 자신의 마음 같았다.

엘리베이터에서 내린 동재는 잠시 망설이다 앞집으로 다가갔다. 지금 기분으로는 집에 들어가서 다른 식구들을 상대하고 싶지 않았다. 동재는 현관문에 귀를 대고 집 안의 동정을 살폈다. 문 너머로 빈 공간의 침묵이 느껴졌다. 조심스레 손잡이를 돌리니 전처럼 문이 열렸다.

어둑한 실내가 동재를 감싸 안았다. 이런 데서라면 울어도 괜찮을 것 같았다. 거실로 들어서자 문이 활짝 열린 문간방이 들여다보였다.

'저게 뭐야.'

바닥에 돗자리가 깔려 있고, 동재네 거실 책장에 꽂혀 있던 책도 있었다. 은재 짓이라고 생각하자 울고 싶던 기분이 싹 사라졌다.

'이게 아주 여기가 자기 집인 줄 아네.'

동재야 이제 겨우 두 번째 오는 거고, 이 집에서 아무 짓도 안 했지만 은재의 행각은 명백한 무단 가택 침입이었다. 동재는 은재가 집주인에게 들켜 경찰서에 끌려가고, 아빠에게 미움받는 장면을 상상하며 방 안을 들여다보았다. 그런데 돗자리 위에 또 낯익은 게 있었다.

불을 켜자 동물 그림 천이 조각조각 이어진 조각보 이불이 보였다. 엄마가 동재를 임신했을 때 만들었다는 그 이불은 초등학교 1학년 때까지 동재의 애착 물건이었다. 이사 올

때 상자에 담아 베란다 창고에 넣어 두었는데 함부로 꺼내 굴리다니. 연아의 다이어리 때문에 치솟던 불길이 단숨에 은재를 향했다.

'잘 걸렸어!'

방 모양을 보니 제 집처럼 드나드는 게 분명했다. 동재는 방 앞에 서서 은재를 기다렸다. 얼마 뒤 은재가 문을 열고 들어왔다.

"어? 어, 어떻게 들어왔어?"

은재가 동재 모습에 유령이라도 본 것처럼 놀란 얼굴을 했다.

"왜, 남의 집에 온 거 들키니까 겁나냐? 너 남의 빈집에 이렇게 몰래 들어오는 거 범죄야."

동재 말에 은재가 피식 웃으며 대꾸했다.

"몰래 들어온 건 오빠지. 나는 여기 오는 거 허락받았어."

"뻥치시네. 누구한테 허락을 받냐?"

"이 집 주인 이사 오기 전까지 사용해도 된다고 했어."

거짓말이라고 하기엔 너무 당당했다.

"암튼 그건 나랑 상관없고. 너 왜 남의 물건에 함부로 손 대는 건데!"

동재는 조각보 이불을 집어 들어 은재 앞에서 흔들어 댔다. 은재가 이불과 동재를 번갈아 보며 물었다.

"이거 오빠 거야?"

"그래, 내 거야."

동재가 대꾸했다.

"미안해. 베란다 창고에 있어서 버리는 건 줄 알았어."

김빠지게 은재는 순순히 잘못을 시인하고 사과했다.

"버리긴 누가 버려! 너, 내 물건 함부로 만지고 무사할 줄 알았어?"

화풀이 상대가 필요했던 동재는 소리를 버럭버럭 질렀다.

"미안하다고 했으면 됐지, 왜 소리는 질러?"

은재 말에 더 화가 났다.

"넌 사람 죽여 놓고도 미안하다고 하면 단 줄 아냐?"

"뭐래."

은재가 어이없다는 표정으로 말을 이었다.

"비유를 하려거든 제대로 해. 이불이 망가진 것도 아닌데 왜 난리야. 괜히 트집 잡는 거 모를 줄 알아?"

괜한 트집만은 아니었지만 동재는 속마음을 들킨 것 같아 주춤했다.

"뭐, 트집?"

"그래, 트집. 너만 힘든 거 아니거든. 나도 니네 식구랑 사는 거 힘들지만 너처럼 어리광은 안 떨어. 이제 중딩도 될 건데 철 좀 들어라, 이 왕재수, 찌질아!"

은재가 쏟아붓듯이 말했다.

"너어? 찌질이? 너, 말 다했어?"

동재는 분을 참지 못해 발을 굴렀다. 그때 현관문이 열리며 경비 아저씨가 고개를 들이밀었다.

"니들 남의 집에서 뭐 하는 거야?"

아저씨를 보자마자 동재는 무단 가택 침입죄로 은재와 나란히 경찰서에 끌려가는 모습이 떠올랐다. 그 위기를 해결할 사람은 집주인한테 허락받았다는 은재뿐이었다. 동재는 자기도 모르게 슬그머니 은재 곁으로 다가섰다. 그러고는 얼른 말하라고 옆구리를 툭툭 쳤다. 하지만 은재는 바닥만 내려다본 채 아무 말도 하지 않았다.

"어? 니들 앞집 애들이잖아."

뒤늦게 동재와 은재를 알아본 경비 아저씨가 수상하다는 눈길로 주변과 둘을 살펴보았다.

"이 집 문, 어떻게 열고 들어왔어?"

“무, 문이 안 잠겨 있어서 들어온 거예요. 그치? 야, 얼른 말해.”

동재가 은재에게 말했다. 하지만 큰소리쳤던 은재는 입을 꾹 다문 채 가만히 있었다.

“아무리 잠기지 않았다고 해도 남의 집에 들어오면 안 되지. 이거 다 치우고 다시는 오지 마라.”

그쯤에서 마무리되는가 싶던 일은 때맞춰 엘리베이터에서 내린 아빠 때문에 다시 시작되었다.

첫사랑

"남의 빈집엔 왜 들어간 거야? 아빠가 그렇게 가르쳤어?"

아빠가 동재에게 소리를 높였다. 은재 엄마는 말없이 은재의 표정을 살폈다.

"빨리 말 못 해?"

아빠는 식탁까지 치며 소리를 질렀다. 동재 잘못이 더 크다고 생각하는 게 틀림없었다. 남의 집에 간 걸로 치면 은재가 더 많이 갔고, 동재 이불까지 훔쳐다 사용했다.

"그냥 한번 열어 봤는데 열려서……. 난 딱 두 번밖에 안 갔어. 진짜야."

동재가 볼멘소리로 말했다. 은재는 두 번이라는 대목에서 동재를 힐끗 바라보았다.

'그래, 이 왕재수야! 그때 네가 내 흉보는 거 다 들었다!'

동재는 마음속으로 외쳤다.

"은재는 그 집에 왜 간 거야?"

아빠가 은재에겐 부드러운 말투로 물었다. 동재는 억울하고 서운해서 눈물이 다 나려고 했다.

"어느 날 우연히 앞집 문이 잠기지 않은 걸 알게 됐어요. 사람은 누구나 가끔 혼자 있고 싶을 때가 있잖아요. 빈집이니까 남한테 피해를 주는 건 아니라고 생각해서 들어간 건데 제 생각이 짧았어요. 잘못했어요."

집주인한테 허락받았다는 이야기는 한마디도 하지 않았다. 동재는 차분한 목소리로 또박또박 말하는 은재를 노려보았다. 거짓말에 속아 넘어갔던 자신이 바보 같았다.

"혼자 있고 싶으면 네 방에 있으면 되지, 남의 빈집엔 왜 들어가?"

내 말이. 동재는 은재 엄마 말에 속으로 맞장구를 쳤다.

"엄마가 식구들 다 있는데 방문 닫고 있으면 아빠가 걱정하신다고 그랬잖아."

걸핏하면 방문을 닫아거는 동재는 찔끔했다.

"은재도 사춘기 소년데 혼자 있고 싶을 때가 있다는 걸 아빠가 미처 몰랐구나. 앞으로는 신경 쓰지 말고 네 마음대로 해. 그리고 동재 네가 오빠가 돼 갖고 맨날 퉁퉁거리니까 은재가 저런 생각을 하는 거잖아."

또다시 동재에게 화살이 날아왔다. 그것도 억울한 판에 은재의 입술 사이로 혓바닥이 날름하고 동재를 향해 나왔다 사라졌다.

"어휴, 저게!"

동재는 벌떡 일어나 주먹을 을러메었다.

"정동재! 너 지금 동생한테 뭐 하는 짓이야!"

아빠의 고함이 천둥처럼 집 안을 울렸다.

"씨, 왜 나만 갖고 그래?"

동재는 분을 참지 못하고 벌떡 일어서다 발 아래 놓았던 가방을 걷어찼다. 그 바람에 제대로 닫지 않았던 가방 속 물건이 바닥으로 쏟아졌다. 가장 먼저 눈에 띈 건 핑크색 다이어리였다.

동재는 시한폭탄이라도 발견한 것처럼 온몸을 던져 다이어리를 덮쳤다.

"그게 뭐야? 비켜 봐."

동재가 필사적으로 저항했으나 아빠를 이길 수는 없었다. 아빠는 다이어리를 후루룩 넘겨 보았다. 은재의 시선이 동재와 다이어리 사이를 오갔다. 혹시 내 취미가 '다꾸'라고 생각하는 건 아니겠지. 동재 얼굴이 시뻘게졌다.

"이리 줘! 내 거 아니야. 빨리 내놔! 내일 갖다 줘야 한단 말이야."

"에라, 이 한심한 놈아!"

아빠가 동재에게 다이어리를 돌려주며 말했다. 그 말 속에는 '남이 이런 거 받을 때 너는 고작 남의 거나 갖고 다니냐?'라는 의미가 담겨 있었다.

다이어리의 후유증은 컸다. 자세히 본 것도 아닌데 문득 문득 사진이며 내용이 떠올라 동재의 심장을 후벼 팠다. 동재는 쉬는 시간에도 단원 평가 문제집을 푸는 민규에게 동병상련을 느꼈다. 말로는 포기한다고 했어도 연아의 다이어리를 본 괴로움이 얼마나 크면 저렇게 공부를 해 대는 걸까.

"멍게야, 다이어리 생각나서 미치겠지? 그 마음 다 아니까 내 앞에서까지 그렇게 애쓸 거 없어."

동재는 오래간만에 절친의 정을 느끼며 말했다. 민규가

동재를 잠시 멀뚱히 바라보더니 말했다.

"뭔 소리야? 학원 끊은 벌로 문제집 푸느라 바빠 죽겠는데. 작은누나가 이번 단원 평가 점수 나쁘면 방학 내내 학원 뺑뺑이 돌린대. 사촌 형이 스키장 데리고 간댔는데 거기도 안 보내 주고."

민규의 표정이나 말 어디에도 실연당한 아이의 아픔은 담겨 있지 않았다. 다이어리와 함께 고통까지 동재에게 넘겨준 모양이었다. 동재는 남의 숙제까지 떠맡은 것 같아 화나면서도 민규가 어떻게 괜찮을 수 있는지 궁금했다.

"너, 연아 좋아한다고 난리 칠 때는 언제고 다이어리 보고도 아무렇지 않냐?"

동재의 물음에 민규는 기다렸다는 듯이 얼른 대답했다.

"보길 잘했어. 그 덕분에 내가 연아를 찐으로 좋아한 게 아니란 걸 알았거든. 연아가 꿈에 나타나는 바람에 좋아하는 줄 잠깐 착각했던 거야. 그 다이어리 안 봤으면 내 스타일도 아닌 애한테 들이댔다가 개망신당할 뻔했어. 어휴, 생각만 해도 아찔하다."

민규는 고개를 절레절레 흔들더니 다시 문제집을 풀기 시작했다. 동재는 경쟁자가 하나 사라졌다는 기쁨보다는 혼자 남겨진 외로움을 더 강하게 느꼈다.

동재는 그전에 연아에게 가졌던 아지랑이나 햇살처럼 아련하면서도 따사로운 감정은 사랑이 아님을 깨달았다. 사랑이라면, 그것도 첫사랑이라면 모름지기 이렇게 온몸이 타는 듯 뜨겁거나, 가슴이 찢어지는 듯 고통스럽거나, 흘린 눈물 위에 배를 띄워도 될 만큼 슬프거나, 아무튼 그렇게 강렬해야 하는 거다. 그리고 그 모든 감정은 꿀물처럼 달콤한 그리움 안에서 소용돌이쳤다.

진정한 사랑의 감정을 알게 된 동재는 남의 여친인 연아를 바라보는 게 더 고통스러웠다. 동재는 연아의 남자 친구가 되고 싶었다. 그건 게임기나 조립 로봇을 갖고 싶은 것과는 차원이 다른 갈망이었다.

이제 동재 눈에는 세상 사람들이 사랑을 아는 자와 모르는 자로 나뉘었다.

"어? 이 녀석 봐라? 어느새 몇 가닥 났는걸."

동재 몸에 비누칠을 해 주던 아빠가 아랫배를 툭 치며 웃었다. 동재는 조금씩 변화가 오는 몸에 뿌듯함을 느끼며 거울을 보았다. 하지만 거울 속에는 사랑의 고통과 기쁨을 아는 상상 속 자신과는 너무나도 동떨어진, 젖살이 도도록한 얼굴과 회초리처럼 가는 몸이 비쳤다. 동재가 상상하는 자기 모습은 변성기가 오고, 코밑이 거뭇해지고, 턱선이 드러나기 시작한 찬혁 같은 아이였다. 강수하의 어린 시절 역을 맡은 찬혁은 나중에 강수하처럼 멋있는 남자가 되겠지. 동재는 샤워기로 물을 뿌려 거울 속 아이를 지워 버렸다.

같이 목욕을 하고 나면 아빠가 한결 가깝게 여겨졌다.

"아빠, 아빠는 엄마 처음 만났을 때 기분이 어땠어?"

목욕을 마치고 나온 동재가 한껏 다정한 목소리로 물었다.

"엄마? 어떤 엄마?"

분위기를 팍삭 깨뜨리는 건 언제나 아빠다.

"우리 엄만 한 사람뿐이야."

"뭐, 그건 하도 오래돼서 기억도 잘 안 나. 대학 1학년 때 만나서 십 년 동안 친구 하다, 사귀다, 다시 친구 하다 결혼한 거라……. 그건 갑자기 왜?"

할 수 없다. 동재는 한숨을 내쉬고 물었다.

"그럼 은재 엄마랑은?"

"그 사람하고도 처음에는 고객으로 만났던 거라 딱히 어땠다고 말하기가 그렇네."

아빠는 그 나이가 되도록 불길처럼 타오르는 사랑의 감정을 모르는 게 틀림없다.

"그런데 왜 결혼한 거야?"

"은재 병원에 데리고 가면서 은재 엄마가 막 우는데 혼자 아이 키우면서 얼마나 힘들었을까 싶은 생각에 동병상련……. 너 그게 무슨 뜻인지 알지?"

"그것도 모를까 봐. 같은 병을 앓는 사람들끼리 서로 잘 이해한다는 뜻이잖아."

"그래, 그런 게 느껴지더라. 그 뒤부터 조금씩 가까워지기 시작한 거지."

자신의 이 강렬한 사랑에 비하면 얼마나 뜨뜻미지근하고 민숭민숭한 감정인지. 동재는 아빠에게 코웃음을 날렸다.

"너 혹시 누구 사귀냐?"

아빠가 그제야 관심을 가졌다. 동재는 아빠에게 속마음을 털어놓고 싶어졌다. 어떻게 말을 꺼낼까 궁리하는데 아빠 휴대폰이 울렸다.

"아, 수진 씨. 지금 가고 있어요. 십 분 뒤면 도착해요."

동재는 말할 기분이 싹 사라졌다.

"엄마가 바지락 손칼국수 만든단다. 얼른 가자. 참, 우리 무슨 이야기 했지?"

아빠의 얼굴에는 이미 사랑을 얻은 사람의 배부른 여유가 가득했다.

"아, 됐어!"

동재는 앞장서 빨리빨리 걸었다.

"사랑은 타이밍이야, 인마. 기회가 왔을 때 낚아채야 하는 거야."

등 뒤에서 아빠 목소리가 들렸다.

마녀와 고양이

동재는 은재와 아무래도 전생에 큰 원수지간이었음이 분명하다고 생각했다. 그렇지 않고서는 은재와 연아가 아는 사이라는 기막힌 사실을 설명하기 어려웠다.

토요일 오후, 수행 평가 과제를 핑계로 민규네 집에서 놀다가 돌아오는 길이었다. 서로의 집 중간까지 바래다준 민규와 헤어져 걷다가 동재는 함께 가고 있는 연아와 은재를 보았다. 민규와 연아가 사귄다고 해도 그렇게 놀라지는 않았을 거다. 팔짱을 끼고 걷는 연아와 은재는 한눈에도 가까운 사이로 보였다.

동재는 은재와 서로 다른 학교에 다녔다. 지금 집으로 이사하면서 아빠는 동재도 전학하길 바랐지만 강력하게 거부했다. 마을버스를 타고 다녀야 하고, 그 때문에 아침잠을 줄이더라도 학교만큼은 자기 생각대로 하고 싶었다. 무엇보다 은재와 같은 학교에 다니는 게 싫었고, 한 학기만 다니면 졸업인데 낯선 곳에서 마치기 싫었다. 그리고 전학 가지 않은 덕분에 연아라는 존재를 새롭게 깨달았다. 그런 게 아줌마가 말하는 '운명'이라는 건가 보다. 그럼 은재와 연아가 아는 사이인 건 운명의 장난인 걸까.

동재는 학교 앞 아파트에 사는 연아가 왜 동재네 동네에서, 그것도 은재랑 함께 걸어가고 있는지 도무지 알 수 없었다. 어떤 사이든 은재가 연아에게 집 이야기를 한다면. 오빠가 동재란 걸 안다면. 또 은재가 왕재수라고 자기 험담을 한다면. 은재와 연아가 동재 흉을 보며 키득거리는 모습이 떠올랐다. 손이 시린데도 등줄기에서 땀이 흘렀다.

집으로 가던 동재는 아빠의 승합차와 마주쳤다. 아줌마가 보조석 차창을 열고 말했다.

"동재야, 아빠랑 시장에 다녀올 거야. 은재랑 같이 피자 데워 먹어."

은재가 벌써 집에 왔나 보다. 마음이 급해진 동재는 대답을 하는 둥 마는 둥 하곤 집으로 뛰어갔다.

공동 현관을 들어서는데 막 엘리베이터 문이 닫히고 있었다. 동재는 후다닥 뛰어가 열림 버튼을 눌렀다. 다시 문이 열린 엘리베이터에 탄 동재는 흠칫 놀랐다. 낯선 사람이 고양이를 안고 엘리베이터 숫자 버튼 쪽에 서 있었다. 짙은 회색 털에 연둣빛 눈을 한 고양이는 가슴줄을 메고 있었다. 눈이 마주치는 순간 동재는 바짝 얼어 반대쪽 벽에 붙어 섰다.

강아지를 산책시키는 사람은 많이 봤어도 고양이를 안고 다니는 사람은 처음이었다. 도로 내리고 싶었지만 엘리베이터 문이 닫혔다. 동재는 고양이를 아주 싫어했다. 일곱 살 때 엄마 본가인 여주 할머니 집에서 겪은 일 때문이었다.

한밤중에 어디선가 아기 울음소리 같은 게 들려왔다. 동재는 너무 무서워서 할머니를 깨웠다. 할머니가 밥을 주는 길고양이 울음소리라고 했다. 할머니는 다시 잠이 들었지만 동재는 고양이가 사람 아기 소리를 낸다고 생각하자 별별 상상이 떠올라 더 무서웠다. 나중에 그 고양이가 보답으로 쥐를 잡아다 현관 앞에 놓은 걸 본 뒤로 동재는 고양이 그림자만 보아도 소름이 끼쳤다.

고양이만으로도 온몸의 털이 곤두서는데 고양이를 안고

있는 사람도 만만치 않았다. 동재는 거울로 모습을 훔쳐보았다. 챙 넓은 검은 모자, 발목까지 내려오는 검은색 코트, 커다랗고 색이 짙은 선글라스, 남은 얼굴을 가린 호피 무늬 스카프, 검은 장갑. 만화나 영화에서 튀어나온 듯 괴상한 차림새였다. 그 사람이 여자라는 건 알겠는데 나이는 짐작되지 않았다. 고양이까지 안은 모습이 판타지 영화에 등장하는 마녀 같았다. 엘리베이터 사방에 붙은 거울마다 마녀와 고양이가 비치는 통에 동재는 무서운 마법의 세계에 갇힌 듯 오금이 저렸다. 집에 빨리 가고 싶다는 생각을 한 건 은재네와 살기 시작한 뒤로 처음이었다.

층수 버튼도 안 눌렀다는 걸 깨달은 동재는 고양이와 마녀를 힐끔거리며 숫자 버튼 쪽으로 다가가 손을 뻗었다. 그런데 동재네 집인 13층에 불이 들어와 있었다. 동재는 다시 후다닥 벽으로 붙어 섰다. 혹시 앞집 주인? 그럼 은재한테 집을 사용해도 된다고 했던 사람이라는 말이다. 어른들은 대부분 앞집 사는 아이를 만나면 말을 걸어오는데 마녀는 동재에게 눈길 한번 주지 않았다. 동재도 인사할 마음이 생기지 않았다.

은재와 마녀. 뭔가 어울린다. 동재는 은재가 마녀와 거래

하는 모습을 상상했다. 그 집을 드나드는 대신 무얼 주기로 한 걸까. 혹시 나? 동재는 머리끝이 쭈뼛 섰다. 13층까지 올라가는 시간이 이렇게 길게 느껴진 것도 처음이었다.

동재는 문이 열리자마자 재빨리 뛰어나왔다. 도어 락 비밀번호를 누르는 동안에도 간이 움찔움찔했다. 문을 열고 집으로 들어서다 뒤를 돌아다보았는데 마녀와 고양이가 보이지 않았다. 문 소리도 못 들었는데. 다시 오싹했다.

집 안으로 들어간 동재는 걸쇠까지 걸고서야 숨을 토해냈다. 익숙한 집 안 풍경에 비로소 마음이 진정되었다. 그러자 앞집 사람을 마녀라고 생각했던 게 스스로도 황당했다. 유치원생도 아니고 쪽팔리게. 고양이와 튀는 옷차림 때문에 쓸데없는 상상력이 폭발한 것 같았다. 제정신이 들자 잠시 잊었던 연아와 은재가 생각났다.

은재 방은 문이 닫혀 있었다. 당장 쫓아가서 연아와 어떤 사이인지 물어보고 싶은 걸 참고 있는데 도어 락 소리가 삑삑 들렸다. 이제 오나 보다. 혹시 연아를 데리고 오나? 머릿속이 하얘졌다. 동재는 얼른 아무 책이나 집어 들곤 소파에 앉았다. 드디어 문이 열리려는 순간 걸쇠 소리가 철컥하고 났다. 동재는 아차 싶어 뛰어가 걸쇠를 풀었다. 문틈으로 보니 다행히 은재 혼자였다. 걸쇠를 잠그고 뭘 했는지 의심하는 듯한 눈초리에 동재는 괜히 얼굴이 빨개졌다.

은재는 잠자코 화장실로 가고 동재는 TV를 켰다. 소파에 몸을 누인 채 리모컨을 여기저기 누르다 게임 방송에서 멈췄다. 프로게이머들이 베틀그라운드를 하고 있었다. 좋아하는 선수가 수세에 몰리고 있었지만 동재 눈에는 들어오지 않았다.

손을 씻고 나온 은재는 동재를 흘깃 보더니 말없이 자기 방으로 들어갔다. 지난번 앞집에서 싸운 뒤 은재는 단둘이 있을 때면 동재 못지않게 냉랭하게 굴었다. 동재는 은재에게 말 걸 기회를 잡기 위해 거실에 앉아 휴대폰 게임을 했다. 잠시 뒤 방에서 나온 은재가 동재에게 물었다.

"티브이 안 보는 거면 나 음악방송 봐도 돼?"

다른 때 같았으면 안 보면서도 보는 중이라고 했을 텐데 지금은 그럴 때가 아니었다. 동재는 대답 대신 소파를 내주곤 주방으로 갔다. 그러고는 냉장고에서 아줌마가 만든 식빵 피자를 꺼내 들고 은재 쪽을 힐끔거리다 물었다.

"너, 피자 먹을 거야?"

은재는 대꾸하지 않았다. 동재는 소리 지르고 싶은 걸 참으며 다시 물었다.

"야, 피자 데울 건데 너도 먹을 거냐고. 그럼 한꺼번에 데우게. 따로 돌리면 전기 요금 많이 나오잖아."

은재가 피식 웃었다. 동재가 생각해도 이유가 궁색했다. 주방으로 온 은재는 싱크대 수납장에서 넓은 접시를 꺼내서는 눈을 마주치지 않은 채 물었다.

"몇 개 먹을 건데?"

오빠라고 할 때도 싫더니 호칭을 빼먹는 것도 기분 나빴다. 하지만 그런 티를 낼 상황이 아니었다.

"두 개."

동재가 한쪽으로 물러서며 대답했다.

피자 세 쪽을 접시에 담아 전자레인지에 넣은 은재가 새침한 표정으로 또 물었다.

"어디서 먹을 건데?"

예전의 동재라면 자기 방 컴퓨터 앞이나 거실 소파에서 TV를 보며 먹었을 거다.

"너는?"

"식탁."

"나도 그러지, 뭐."

비굴해 보이는 자기 모습이 마음에 들지 않았지만 연아와 은재 사이를 알아내려면 어쩔 수 없었다. 은재가 뜻밖이라는 듯 쳐다보았다. 동재는 은재의 눈길을 피한 채 냉장고에서 콜라를 꺼냈다.

은재가 유리컵을 가져다 놓았다. 평소에 쓰는 머그잔이 아니라 자잘한 꽃 그림이 그려진 유리컵이었다. 그러고는 앞접시 두 개와 포크, 나이프를 식탁 위에 올려놓았다. 냉장고에서 오이 피클도 찾아 덜어 놓았다. 전자레인지가 다 돌아가자 은재는 주방용 장갑을 끼고 피자 접시를 꺼내 식탁 가운데에 놓았다.

동재는 주방 일에 익숙한 은재가 신기했다. 동재도 아빠와 둘이 살 때 전기 포트로 물을 끓여 컵라면을 해 먹거나, 밥솥에서 밥을 퍼서 할머니와 고모가 만들어 준 반찬을 꺼내 먹기는 했다. 그게 다였을 뿐 설거지 한번 해 본 적이 없었다.

둘은 식탁에 마주 앉아 피자를 먹었다. 인정하고 싶지 않지만 아줌마가 만든 식빵 피자는 꽤 맛있었다. 동재는 눈치를 보며 말 걸 기회를 엿보았다. 은재는 마치 레스토랑에 온 것처럼 나이프로 피자를 썰어 포크로 찍어 먹고 있었다.

'피자 먹으면서 똥폼은!'

동재는 당장 접시를 들고 방으로 들어가고 싶은 걸 꾹 참았다.

"어디 갔다 왔냐?"

한동안 말없이 먹기만 하다 동재가 슬쩍 물었다. 은재가 동재를 빤히 바라보았다. 평소와 다른 모습에 의심을 품은 표정이었다.

"말하기 싫음 됐어. 궁금해서 물은 거 아니거든."

동재는 무안함과 동시에 인내심의 한계를 느껴 퉁명스레 말했다. 은재가 한숨을 작게 내쉬더니 대답했다.

"성당 갔다 온 거야."

"성당? 너 성당 다녀?"

동재는 은재가 성당에 다니는 줄도 몰랐다.

"응, 토요일에 어린이 미사가 있어."

성당엔 한 번도 가 본 적이 없어 무슨 소린지 이해도 안 갔고 관심도 없었다. 동재가 알고 싶은 건 오직 연아에 관한 것뿐이었다.

"언제부터 다녔는데?"

연아도 성당에 다니는지 궁금했다.

"어렸을 때 부산 할머니 댁에서 살았는데 그때부터 다녔어. 이사 오기 전에 다니던 데는 너무 멀어서 이 동네 성당으로 옮긴 거고."

은재는 엄마의 결혼이라는 말 대신 '이사 오기 전'이라고 표현했다.

동재는 아빠와 아줌마가 결혼할 때 한 번 보았을 뿐인 은재 할머니를 떠올렸다. 아줌마가 늙으면 똑같을 것같이 생긴 할머니였다.

"동재라 캤제? 우리 은재 잘 부탁한데이. 니가 한 살 많으니까네 귀여븐 여동생 생겼다 카고 잘 돌봐 주거레이. 니만 믿는데이."

은재 할머니는 동재 손을 꼭 잡고 한 마디 한 마디 간곡하게 말했다. 동재는 어색하고 부담스러워 얼른 고개를 끄덕였다. 애초에 지킬 마음이 없는 약속이었는데 할머니가 성당에 다닌다고 하자 신 앞에서 거짓말한 것처럼 찜찜했다.

"너 혼자 다녀?"

동재는 연아 이야기가 나올 만한 미끼를 슬쩍 던졌다.

"그전에는 우리 엄마도 같이 다녔는데 지금은 나 혼자만 다녀. 내 세례명은 로사리아인데 줄여서 로사라고 해. 우리 할머니는 테레사이고 우리 엄마는 릴리안이야. 참, 다음 미사 때 내가 반주한다."

은재는 성당 이야기가 나오자 묻지도 않은 내용까지 조잘조잘 떠들었다. 동재는 다음 질문을 하기 위해 참고 그 이야기를 들어 주었다.

"그럼 연아도 같은 성당에 다니는 거냐? 아까 둘이 가는 거 봤어."

그 말에 우아한 척하던 은재 태도가 한순간에 무너졌다.

"어? 오빠가 연아 언닐 어떻게 알아? 아, 맞아! 연아 언니도 오빠네 학교 다닌다."

은재는 이제야 그 사실을 깨달은 듯했다. 동재는 공연히 긁어 부스럼을 만든 건 아닌가 하는 후회가 밀려왔다. 하지만 연아에 관해 알고 싶은 마음을 이기지는 못했다.

"우리 반이야. 그런데 연아네 집은 학교 앞인데 우리 동네까지는 왜 온 거냐?"

"성당이 연아 언니네 동네랑 우리 동네 중간에 있기도 하고, 또 연아 언니 이모네가 우리 동네 살아서 가끔 와."

연아 이모네 집이 같은 동네라니. 연아와 떼려야 뗄 수 없는 운명인 게 분명하다. 지금 연아가 찬혁과 사귀는 건 그저 운명적인 사랑 앞을 스쳐 가는 약한 바람에 불과하다. 동재 마음은 헬륨가스 넣은 풍선처럼 두둥실 떠올랐다.

“그럼 오빠도 연아 언니 남친이 방찬혁인 거 알아?”

은재가 눈을 반짝이며 물었다. 떠오르던 마음이 바닥에 털썩 떨어졌다.

“연아가 그래?”

동재 목소리에 힘이 빠졌다.

“응. 있지, 방찬혁이 빼빼로데이 때 커플링 사 줬대. 그리고 지금 제주도로 촬영하러 갔는데 거기서도 선물 사다 준댔대. 하루에 한 번씩 꼭꼭 영통한다고 막 자랑하던걸.”

“그런 왕재수 자식이 뭐가 좋다고!”

동재는 자기도 모르게 내뱉었다.

“왕재수? 그렇지? 그럴 것 같았어. 연아 언니는 남자 보는 눈이 없어서 큰일이야.”

은재가 흥분한 기색으로 말했다. 그 말이 마음에 든 동재는 슬며시 웃으며 한결 누그러진 목소리로 말했다.

“지는 남자 보는 눈이 얼마나 있다고.”

은재가 찬혁에게 ‘오빠’ 자를 붙이지 않는 것도 은근히 기분 좋았다.

"오빠가 날 무시하는데, 내 별명이 뭔 줄 알아? 연애 상담가야."

"뭐? 네가 그렇게 연애를 많이 해 봤다고?"

"누가 많이 해 봤대. 많이 알아서 그런 거지. 애들이 연애하면 다 나한테 상담해. 오빠도 앞으로 여친 때문에 고민 생기면 나한테 물어봐."

"칫, 쬐끄만 게 뭘 안다고."

은재에게 연애 상담을 하느니 지나가는 고양이에게 하겠다고 생각하는 순간 마녀와 고양이가 떠올랐다.

"참! 너, 앞집 사용 허락받았다는 거 진짜야?"

동재가 물었다.

"그렇다니까."

은재는 시선을 피하며 대답했다.

"주인이 어떻게 생겼는데?"

동재가 떠보듯이 물었다.

"어떻게 생기긴. 그냥 평범한 할머니지."

할머니라고? 동재는 그런 차림을 한 할머니는 살면서 본 적이 없었다. 마녀 같은 모습을 평범하다고 하는 걸 보면 허락은커녕 한 번도 만나지 못한 게 분명하다. 그래도 마녀 할머니와 어떤 거래를 한 것보다 차라리 거짓말인 게 나았다.

"뺑치시네. 내가 한 번은 봐준다. 암튼 너 연아한테 절대 내 얘기 하지 마. 집에도 데리고 오지 말고. 알았지?"

은재가 단단히 주의를 주는 동재를 살피듯 보았다.

비상 연락망

동재는 민규와 함께 피시방에서 나왔다. 세 시간 내내 총싸움 게임을 했더니 거리의 사람들이 모두 표적으로 보였다.

“아, 배고파. 게임비 내가 쐈는데 넌 뭐 없어?”

민규가 배를 문지르며 말했다.

“알았다, 알았어. 붕어빵 살게.”

동재도 배가 출출하던 터라 앞장서 붕어빵 노점상으로 갔다. 다른 데보다 싸서 늘 붐비는 곳이었다. 고소한 냄새가 배 속을 휘저었다.

“붕어빵 천 원어치 주세요.”

천 원에 네 개니까 두 개씩 먹으면 된다.

"똥재, 어묵도 먹으면 안 되냐?"

꼬치 어묵은 한 개에 5백 원이다.

"나, 이천 원밖에 없으니까 하나만 먹어."

동재도 꼬치 어묵을 하나 꺼내 들었다. 아직도 집안일 알바를 하지 않고 비디는 중이라 돈이 궁했다. 2천 원도 책상 서랍이며 주머니를 뒤져 찾아낸 거였다. 돈 귀한 줄 모르고 아무 데나 두고 쓰던 때 남긴 흔적이었다. 둘은 한동안 먹는 데만 열중했다.

"안녕하세요? 붕어빵 천 원어치만 주세요."

동재는 옆에서 들려오는 귀에 익은 목소리에 가슴이 철렁 내려앉았다. 은재였다. 동재는 그쪽을 바라볼 수가 없었다. 그때 민규가 옆구리를 쿡 찌르며 눈짓을 했다. 어쩔 수 없이 돌아다보니 은재가 연아와 함께 있었다. 둘이 아는 사이란 걸 몰랐다면 아마 기절했을 거다. 동재는 은재에게 아는 척을 해야 할지 말아야 할지 당황스러웠다. 보통 아이들은 밖에서 여동생을 만났을 때 어떻게 하는지 알 수 없었다.

"어? 오빠가 여기 웬일이야?"

동재는 은재가 먼저 말을 걸어 준 게 반가울 지경이었다.

"어, 왔냐?"

연아 앞이라 아주 짧은 말도 어색하게 나왔다.

“뭐? 오빠? 너, 동생 있었어?”

눈이 둥그레진 민규가 다그치듯 물었다.

“정말? 은재야, 네가 말하던 오빠가 동재였어?”

연아도 놀란 얼굴로 동재와 은재를 번갈아 바라보았다.

“응, 우리 오빠야.”

은재 대답에 동재는 눈으로 물었다.

‘내 얘기 뭐 했어?’

‘별말 안 했어.’

연아 표정을 보니 흉을 본 것 같지는 않았다. 그래도 동재는 마음이 놓이지 않았다. 빤히 보던 민규가 입을 열었다.

“동재랑 완전 다르네. 다행이다. 그런데 니네 둘은 어떻게 아는 사이냐?”

민규는 한때 고백하려고 했던 연아와 처음 보는 은재 앞에서 아무렇지 않은데 동재는 도망가고 싶을 만큼 불편했다.

“언니랑 나랑 같은 성당 다녀. 미사 보고 오는 거야.”

은재도 스스럼없이 대답했다. 안절부절못하는 사람은 동재뿐이었다.

“어? 거기 우리 건물 있는 동넨데. 아파트로 이사 오기 전에 거기 5층에 살았었거든. 그때 우리 누나도 그 성당 다녔어. 신기하다!"

민규는 잠깐 새 자기네 집에 건물이 있다는 것과 누나가 같은 성당에 다녔다는 것까지 어필했다. 그때까지 '어, 왔냐?'라는 말밖에 하지 못한 동재는 갑자기 초조해졌다. 민규에게 질 수 없다는 생각으로 기회를 엿보았지만 대화는 이어지지 않았다. 연아와 은재도 붕어빵과 꼬치 어묵을 먹기 시작했다.

동재는 연아가 어묵을 먹으며 귀 뒤로 긴 머리를 넘기는 모습을 훔쳐보았다. 입술을 뾰족하게 내밀어 호호 분 다음 조심스레 베어 물고 오물오물 씹는 모습을 보고 있노라니 어묵 꼬챙이가 마음을 쿡쿡 쑤시는 것 같았다. 한숨을 쉬며 고개를 돌리다 은재와 눈이 딱 마주쳤다. 자칭 연애 상담가라더니 동재의 마음을 꿰뚫어 본 표정이었다. 동재는 연아를 훔쳐볼 때보다 더 붉어진 얼굴로 은재의 눈길을 피했다.

다 먹어 가자 동재는 2천 원밖에 없는 게 걱정됐다. 연아 것까지 (은재 건 어쩔 수 없이) 척 내고 싶은데 돈이 모자랐다. 그때 민규가 말했다.

"우리 먹은 건 동재가 내니까, 너희 먹은 건 내가 낼게."

동재는 '이것밖에 없다'는 민규 말에 다시는 속지 않겠다고 다짐했다.

붕어빵 노점상을 나오니 찻길 건너편 건물 너머로 붉은 노을이 번지고 있었다. 그 노을에 물든 나무며 거리, 건물들은 익숙한 것들을 달라 보이게 했다. 황금빛이 감도는 연아 얼굴도 더 예뻐 보였다. 연아와 이대로 헤어지기 싫었다.

돈이 있다면 어디라도 가서 함께 있는 시간을 늘리고 싶었다. 동재는 빈 주머니가 원망스럽기만 했다. 아니, 돈은 있어도 눈치는 없는 민규가 더 원망스러웠다.

"그런데 네 이름이 은재라고? 동재보다 한 급 위네."

민규가 불쑥 말했다. 모두 무슨 소린가 싶어 민규를 바라보았다.

"올림픽 못 봤어? 은메달이 동메달보다 더 높잖아. 동생은 없냐? 금재면 대박인데. 참, 너 폰 번호 좀 찍어 줘라."

민규는 싱거운 소리를 주절거리다 은재에게 휴대폰을 내밀었다.

"야, 너 뭐 하는 거야?"

동재가 눈을 둥그렇게 뜨며 나섰다.

"너랑 연락 안 될 때 대비해서 비상 연락망으로 알아 두려는 거다. 은재야, 빨랑 번호 찍어."

민규는 동재를 가볍게 무시하며 은재를 재촉했다.

"그럼 연아 언니도 우리 오빠 번호 저장해 놔. 나랑 연락 안 될 때 대비해서 비상 연락망으로."

은재가 자기 휴대폰을 민규에게 건네는 동시에 연아의 손에서 휴대폰을 빼앗아 동재에게 주었다. 얼떨결에 휴대폰을 받아든 동재는 연아를 바라보았다.

"야, 연아 번호는 우리 반 단톡방에 있잖아."

민규가 초를 쳤다. 연아는 이 상황이 재미있다는 듯 웃으며 말했다.

"번호 찍어 줘."

휴대폰 바탕 화면은 연아와 찬혁이 얼굴을 맞대고 찍은 셀카였다. 그 모습에 거인이 심장을 움켜쥐고 비트는 느낌이 들었다. 동재는 연아 휴대폰에 자기 번호를 찍은 뒤 돌려주었다. 곧 동재의 휴대폰이 부르르 떨리더니 번호가 떴다.

"내 번호니까 저장해 놔."

연아가 말했다. 자기를 저장해 놓으란 말로 들렸다. 동재는 연아의 전화번호만으로도 세상을 다 얻은 것처럼 기뻤다.

"오빠, 지금 집에 갈 거야?"

은재가 물었다.

"아, 아니, 너 먼저 가. 나는 민규랑 더 있다 갈 거야."

동재는 은재가 같이 가자고 할까 봐 얼른 대답했다. 은재 덕분에 연아와 전화번호를 주고받긴 했지만 잘난 척해 대는 모습을 보고 싶진 않았다. 아니면 연아에 대한 감정을 꼬치꼬치 캐물어 피곤하게 할지도 몰랐다.

"그래? 연아 언니, 이모네 집에 간다고 했지? 가자."

"안녕."

연아가 동재와 민규에게 손을 흔들고는 은재와 함께 초록불로 바뀐 횡단보도를 건너갔다. 동재는 멀어져 가는 연아의 뒷모습을 바라보았다. 하지만 아쉽거나 허전하지는 않았다. 휴대폰 안에 담긴 연아의 전화번호가 그 애 마음처럼 여겨졌다.

연아랑 은재와 헤어진 뒤 민규가 흥분한 얼굴로 동재를 바라보았다. 동재는 은재와 연아가 아는 사이라는 걸 감춘 게 미안해 얼른 변명했다.

"나도 은재하고 연아가 같은 성당에 다니는 줄 지난주에 첨 알았어. 정말이야."

"동재야, 네 동생 남친 없지?"

"그건 왜?"

전혀 예상치 못한 질문에 동재가 되물었다.

"완전 내 스타일이야. 은재한테 내 얘기 좀 잘 해 주라."

민규의 표정은 연아를 좋아하는 것 같다고 했을 때와 똑같았다.

"꺼져. 이 바람둥이야!"

동재가 자기도 모르게 소리쳤다.

꽃게탕을 먹는 시간

엘리베이터가 13층에서 꼼짝도 하지 않고 있었다. 기다리다 못해 걸어 올라갈까 생각 중일 때 엘리베이터가 내려왔다. 문이 열리자 가득 실린 싱크대가 보였다. 동재는 자기네 주방 것과 똑같은 싱크대에 가슴이 덜컥 내려앉았다.

'혹시 내게 말도 없이 이사 가는 건가? 아빠와 아줌마 사이에 무슨 일이 생겼나?'

아빠가 또 이혼하는 건 상상만 해도 싫었다.

"이, 이게 뭐예요?"

동재가 떨리는 목소리로 엘리베이터 안에 있는 아저씨에게 물었다.

"한참 기다렸지? 미안하다. 13층 리모델링하는 중이야. 버튼 좀 누르고 있어 줄래?"

"1307호요?"

동재는 버튼을 누르며 물었다. 앞집이었다. 아저씨가 싱크대를 밖으로 꺼내며 그렇다고 했다. 동재는 그제야 이사해도 싱크대를 떼어 가진 않는다는 걸 생각해 냈다. 자기 집이 아니라고 해서 마음이 완전히 편해진 건 아니었다. 마녀 할머니와 고양이와 이웃하고 살게 되는 거다. 밤마다 고양이가 아기 울음소리를 내면 어쩌지.

13층에 내리자 먼지 냄새와 함께 문이 활짝 열린 앞집이 보였다. 리모델링을 위해 뜯어낸 것들이 거실에 수북했다. 마녀 할머니와 고양이가 나타날 것 같아 동재는 얼른 도어 락 비밀번호를 눌렀다. 문을 열자 맛있는 음식 냄새가 풍겼다.

집엔 아줌마뿐이었다. 동재는 지금까지 아줌마와 단둘이 있어 본 적이 없었다. 동재가 학원을 마치고 집에 오는 시간이면 대개는 피아노 학원 한 군데만 다니는 은재나 아빠까지 있었다.

"동재 왔구나. 배고프지? 은재 오면 밥 먹자."

동재는 주방에 변함없이 자리한 싱크대를 힐끗 보았다.

문득 아줌마든 자신이든 지금까지 단둘이 있는 상황을 피하려고 노력해 왔음을 깨달았다.

"아빠는요?"

아줌마하고만 있으니 툴툴거리기가 안 됐다.

"오늘 일이 많아 늦으신대."

"은재는 언제 와요?"

궁금하진 않았지만 지금 같은 상황에선 은재라도 있는 게 나았다. 아줌마보다는 은재가 편했다.

"도서관에 책 반납하러 갔는데 올 때 됐어. 가방 이리 주고 손 씻고 와."

아빠나 은재가 있었으면 아줌마 손을 무시하며 방으로 들어갔을 거다. 그리고 보란 듯 방문을 쾅 닫았겠지만 둘만 있으니 대놓고 그러기가 쉽지 않았다. 동재는 고분고분 가방을 벗어 아줌마에게 건넸다. 그런데 그 순간 무언가가 가슴을 건드렸다. 엄마랑 살 때도 이랬다. 학교에 갔다 오면 엄마에게 가방을 벗어 주고 손을 씻으러 갔다. 손을 씻으러 가기 전 엄마는 동재를 꼭 끌어안곤 했다.

화장실에 있는 사이 은재가 오길 바라며 동재는 천천히 손을 씻었다. 아줌마가 가방을 받아 준 게 엄마를 향한 그리움만 불러일으킨 건 아니었다. 집에 왔을 때 자신을 맞아 주고, 또 가방을 받아 주는 사람이 있다는 게, 그 사람이 아줌마인 게 나쁘지 않았다. 화장실에서 나온 뒤에도 은재는 오지 않았다.

"얘가 올 때가 됐는데……."

아줌마가 전화하자 엘리베이터가 안 내려와서 기다리고 있다는 은재의 말소리가 들려왔다. 전화를 끊은 아줌마가 말했다.

"앞집 때문에 당분간은 엘리베이터 사용이 불편하겠다. 우리도 리모델링하고 들어왔으면 좋았을걸. 급해서 도배 장판만 하고 온 게 아쉽네."

아빠하고나 할 법한 이야기를 하는 걸 보니 동재와 단둘이 있는 게 뻘쭘하고 할 말 없는 건 아줌마도 마찬가지인 모양이었다.

아줌마가 보글보글 끓는 꽃게탕을 식탁 위에 올려놓았다. 동재는 자기도 모르게 식탁으로 가 앉았다. 빨갛게 익은 꽃게를 보자 침이 꿀꺽 넘어갔다.

'아빠가 나 꽃게 좋아한다고 말했나 보네.'

확실하게는 꽃게찜이지만 아줌마가 자신을 위해 요리했

다고 생각하자 그동안 미워하기만 했던 게 슬그머니 미안해졌다. 문 따는 소리가 들렸다.

"은재 오나 보다!"

아줌마가 반색했다. 동재와 단둘이 있는 상황이 끝나 반가운가 보다. 동재도 은재가 이렇게 기다려진 적은 없었다.

"다녀왔습니다. 어, 꽃게탕! 그러잖아도 먹고 싶었는데."

은재는 신난 얼굴로 손을 씻으러 갔다.

동재를 위한 게 아니라 은재가 좋아하는 음식인 모양이다. 은재를 기다렸지만 막상 셋이 식탁에 앉자 동재는 남의 밥상에 잘못 끼어 앉은 기분이 됐다. 물론 아줌마는 동재를 더 챙겼다. 국물도 동재 먼저 떠 주었고, 게살을 발라 더 크고 통통한 걸 동재에게 주었다. 그런데도 아빠가 없으니 이상하게 주눅이 들었다.

"오빠, 도서관에 가 봤어?"

은재가 물었다.

새로 생긴 어린이 도서관이 집 근처에 있지만 동재는 한 번도 가 보지 않았다. 아빠가 있었으면 또 아줌마에게 잘 보이려고 동재에게는 핀잔을 주고, 은재는 칭찬했을 거다.

"거기 가서 뭐 하냐?"

동재는 아줌마가 잘라 준 게 앞다리에서 살을 파내며 물었다.

"뭐 하기는. 재미있는 게 얼마나 많은데. 책도 많고, 영화 상영도 하고, 구연동화도 해 줘. 북 콘서트 할 때도 있고. 우리 반에는 도서관 때문에 우리 동네로 이사 왔다는 애들도 있어. 오빠도 같이 갈래?"

"그래, 이번 주말에 은재랑 같이 가 봐. 게임만 하는 것보다 낫잖아."

아줌마가 참견했다. 동재는 못 들은 척 게살만 발랐다.

"나랑 가기 싫으면 민규 오빠랑 같이 가."

'저게 아무한테나 오빠래.'

동재는 은재가 민규를 '오빠'라고 부르자 기분이 나빴다.

"민규가 누구야?"

아줌마가 또 끼어들었다.

"오빠 절친이야."

동재는 은재가 민규 만난 걸 말하다가 혹시라도 연아 이야기를 할까 봐 불안했다.

"누가 그래?"

동재가 퉁명스레 말했다.

"민규 오빠가. 폰에도 절친이라고 저장해 놨대. 오빠는 뭐라고 해 놨어?"

동재는 '멍게'라고 저장했다. 평소에는 친구가 싫어하는 별명을 잘도 부르는 녀석이 휴대폰에는 오글거리게 '절친'이라고 해 놓다니. 그리고 그걸 은재에게 떠들어 대다니. 동재는 촐싹거리는 멍게와 절친이라는 게 창피했다.

"너, 민규랑 연락하냐?"

동재는 대답 대신 물었다.

"응, 아까도 톡 했어."

동재는 아직 연아와 따로 연락을 주고받은 적이 없었다.

"동재 친구랑 네가 왜 톡을 해?"

아줌마가 물었다.

"엄마, 그 오빠, 나한테 관심 있나 봐. 자꾸 말 걸어."

은재가 웃으며 말했다.

"정말? 동재야, 민규라는 애 어때?"

아줌마가 동재를 보았다.

"그냥 뭐 공부도 웬만큼 하고 성격도 좋고, 괜찮아요."

동재는 절친이라면서 민규를 나쁘게 말할 수도 없어 얼버무렸다.

"맞아. 그리고 그 오빠 되게 귀여워."

은재 얼굴에 또 미소가 번졌다.

"너도 관심 있나 보네."

아줌마가 친구처럼 말했다.

"엄마, 나도 이제 열세 살 되는데 남친 한번 사귀어 볼까? 모쏠 탈출 좀 하게."

"나쁘지 않지. 그런데 단둘이 만나는 건 아직 안 돼. 동재 친구니까 동재하고 같이 만나. 그리고 엄마 집에 있을 때 데리고 오면 맛있는 거 해 줄게."

단둘이 만나는 건 안 된다니, 그게 뭐 사귀는 거야. 동재는 그런 생각이 들었지만 한편으론 아줌마가 자기를 믿어 주는 게 나쁘지 않았다.

"정말? 뭐 해 줄 건데?"

"뭐든지 말만 해. 맛있게 만들어 줄게."

동재는 친구처럼 이야기를 주고받는 은재와 아줌마를 보자 또다시 엄마가 그리워졌다. 엄마와 살았으면 동재도 엄마와 함께 연아 이야기를 했을 거다.

동재는 슬그머니 자리에서 일어섰다.

달콤쌉쌀한 초콜릿

"오빠, 오빠!"

은재가 문을 두드렸다.

"왜? 들어와."

카트라이더를 하던 동재는 건성으로 대꾸했다. 은재가 방으로 들어서며 흥분한 목소리로 말했다.

"오빠! 연아 언니랑 방찬혁이랑 깨졌어!"

"뭐? 누가 그래?"

동재는 손을 멈춘 채 은재를 돌아다보았다. 캐릭터가 도로 구석에 처박힌 채 멈춰 섰다. 은재는 동재 침대 위에 걸터앉았다.

"방금 연아 언니가 말해 줬어. 방찬혁한테 헤어지자고 페메 보냈다고."

은재는 마치 자기가 둘 사이를 떼어 놓기라도 한 듯 의기양양한 얼굴이었다.

"연아가 먼저? 왜?"

동재도 가슴이 쿵쿵 뛰었다.

"글쎄, 방찬혁이 언니한테 프사 딴 거로 바꾸라고 했대."

동재도 커플링을 낀 채 마주 잡은 그 손 사진 프로필을 안다. '여나♡혀기'라는 글귀가 써 있는 프로필을 볼 때마다 심장이 아팠다. 어떤 이유로든 그 사진을 보지 않게 된 건 잘된 일이었다.

"방찬혁 엄마가 매니저 하는데, 지금부터 이미지 관리해야 한다면서 엄청 조심시킨대. SNS도 못 하게 하고."

"완전 마마보이구만."

동재는 자기도 모르는 새 의자를 은재 쪽으로 돌렸다.

"강수하 아역으로 좀 알려지니까 연예인 병 걸렸나 봐."

은재가 맞장구쳤다. 방찬혁은 다른 드라마 촬영에 들어가 며칠째 학교에 오지 않고 있었다.

"정말 프사 때문에 헤어진다는 거야? 다른 이유는 없고?"

동재가 미심쩍은 얼굴로 물었다.

"그것뿐이면 남친이 연예인이니까, 하고 이해하지. 진짜 결정적인 게 있어. 방찬혁이 연아 언니가 준 다이어리를 여기저기 돌렸대. 그때 엄청 실망한 거지."

그 다이어리를 봤던 동재는 찔끔했다. 은재가 갑자기 떠오른 듯 동재에게 물었다.

"그때 그 핑크색 다이어리, 혹시 연아 언니 거였어?"

"그건 왜?"

동재는 대답 대신 은재의 눈치를 살폈다.

"맞는구나! 완전 비매너네. 차여도 싸다, 싸!"

찬혁이 차인 건 신나는 일이었지만, 동재는 그게 헤어질 사유라는 게 이해되지 않았다. 동재도 여자 친구에게 고백이 가득한 다이어리를 받았다면 민규뿐 아니라 다른 애들한테도 자랑했을 거다.

"보여 주면 좀 어때서 그래. 그게 헤어질 일이야?"

"오빠! 둘만의 비밀로 간직하고 싶은 걸 여기저기 돌렸는데 헤어지고도 남을 일이지, 그럼! 자기는 그래 놓고 연아 언니더러 프사 바꾸라고 하니까 완전 빡친 거지."

연아의 다이어리를 동재까지 보게 된 건 승주 탓이지 친한 친구에게 보여 준 찬혁의 잘못은 아니다. 찬혁 편을 들고 싶은 생각은 좁쌀만큼도 없지만 그게 팩트다.

"근데 연아도 찬혁이랑 사귀는 거 자랑하고 싶어서 프사에 커플링 사진 올린 거잖아. 찬혁이랑 뭐가 달라?"

그동안 은재한테 들은 바로는 연아도 찬혁한테 선물을 받았느니, 찬혁이 촬영 중에도 톡을 보낸다느니 자랑했다.

"프사에 손만 나온 사진 올린 거하고, 다이어리 돌린 거하고 같아?"

은재가 발끈했다.

"뭐가 다른데?"

동재는 정말 몰라서 물었다.

"어휴, 저러니 여태 여친이 없지. 연아 언니가 방찬혁한테 준 다이어리는 마음을 고백하는 글을 써 놓은 거잖아. 그런 걸 이 애, 저 애 다 보여 줬는데 안 빡쳐? 근데 오빠, 연아 언니 좋아하는 거 아니었어?"

은재가 문득 생각났다는 듯이 동재를 바라보았다. 동재는 갑작스러운 질문에 당황했다.

"그, 그건 왜?"

"그럼 그냥 연아 언니가 방찬혁이랑 깨져서 좋다고 해."

"그, 그래, 좋다. 좋아서 죽겠다! 그럼 어쩔 건데?"

동재는 무안함을 감추려고 더 퉁명스레 말했다.

"연아 언니랑 사귀고 싶은 거 맞지?"

"그렇다면 어쩔 거냐고."

이번에는 목소리가 조금 누그러졌다.

"그럼 지금이 연아 언니랑 사귈 수 있는 좋은 기회야."

은재가 눈을 반짝거렸다. 사랑은 타이밍이니 기회가 오면 낚아채라던 아빠 목소리가 겹쳐 들려왔다.

"기회?"

"그래. 지금 연아 언니는 자기가 먼저 헤어지자고 하긴 했어도 마음이 허전할 거야. 어쨌든 방찬혁 같은 연예인이랑 사귀다 헤어지게 됐으니까 말이야. 오빠가 방찬혁 포스에 쪼끔 밀리기는 하지만 뭐, 사람은 제각각 다르니까. 이럴 때 오빠가 방찬혁과는 다른 매력을 풍기면서 자연스럽게 다가가는 거야."

진짜 연애 상담가 같은 은재 말에 동재는 솔깃했다.

"어떻게?"

"아웃 오브 사이트, 아웃 오브 마인드란 말 알지?"

"그게 뭔데?"

"눈에서 멀어지면 마음에서도 멀어진다는 말이잖아. 책에서 보면 연인들은 보통 싸웠다 화해했다 반복하면서 정이 드는 거라는데, 학교에 나올 수 없는 방찬혁은 지금 상황이 아주 불리해. 연아 언니한테 이별 통보를 받고도 아무것도 할 수 없는 입장이잖아. 이럴 때 오빠가 다가가는 거야."

동재는 은재의 말이 그럴듯하면서도 미심쩍었다.

"도대체 네가 읽은 책은 어떤 거냐?"

"한두 권 읽은 게 아니라서 딱 꼬집어 말할 수 없어."

"그럼 책에 어떻게 하라고 나와 있냐?"

동재는 '믿는 건 아니지만 들어나 준다.'라는 표정을 애써 지으며 은재를 바라보았다.

"잠깐만 기다려."

은재가 갑자기 방을 나가더니 잠시 뒤 초콜릿을 가지고 돌아왔다. 얼마 전에 아빠와 아줌마가 백화점에서 사다 준 초콜릿이었다. 그때 동재에게도 쿠키를 주었기 때문에 기억났다.

"이거 유명한 프랑스 초콜릿인데 안 먹고 아끼던 거야. 사실 초콜릿 하면 벨기에나 스위스산이 최고지만."

'초콜릿이 다 거기서 거기지, 아는 척은. 포장지 벗겨 놓으

면 구분도 못 할 거면서.'

동재는 연아에게 다가갈 방법은 가르쳐 주지 않고 갑자기 초콜릿을 가져와 잘난 척하는 은재가 눈꼴시었다.

"그래서 어쩌라고?"

동재는 연아와 관련된 이야기 말고는 관심없었다.

"이 초콜릿을 내일 연아 언니한테 갖다 주는 거야."

"왜?"

"아, 답답해. 오빠가 연아 언니한테 관심 있다는 걸 어떻게든 알려야 할 거 아니야!"

"그건 그렇지만 말도 안 하고 지내다가 갑자기 초콜릿을 주면 이상해 보이잖아. 연아가 안 받으면 어떻게 해?"

"그건 걱정 마. 지금 연아 언니는 정동재가 내 오빠라는 사실만으로도 호의를 가지고 있으니까. 연아 언니가 왜 주는 거냐고 물으면 '그냥'이라고 대답해. 방찬혁이랑 깨진 틈을 노려서 잘됐다, 하고 들이대는 것 같아 보이면 역효과가 날 수도 있으니까. 알았지?"

동재는 고개를 끄덕였다. 자신에 찬 은재의 말을 들으니 그대로 따르면 뭐든 될 것 같았다.

"그리고 선물할 때 중요한 건 포장이야. 포장을 요란하게 해도 부담스럽지만 그렇다고 너무 아무렇게나 해서 주면 성의 없어 보이거든."

은재는 자기 방에서 선물용 포장지를 가져오더니 초콜릿을 포장했다. 동재는 요란한 것과 아무렇게나 한 포장의 차이를 구분하기 어려웠지만 은재가 하는 대로 두었다. 여동생이 있는 것도 나쁘지 않다는 생각이 들어 방을 나가는 은재에게 말했다.

"고맙다!"

은재가 걸음을 멈추고 돌아보며 말했다.

"참, 초콜릿 칠천 원에 포장지값 오백 원 해서 칠천오백 원만 주면 돼."

동재는 어이가 없었다.

"야, 이거 너도 공짜로 받은 거잖아. 그리고 몇 개 들지도 않은 게 뭐 그리 비싸냐?"

이름도 모르는 쿠키는 다음 날 학교에 가져가서 민규랑 먹었다.

"값은 프랑스에서 수입한 거라 비싼 거고. 공짜로 받았지만 나도 먹고 싶은 맘 꾹 참고 아끼던 거잖아. 그럼 오빠가 사서 주든가."

가진 돈이 있다면 당장 그렇게 했을 거다. 하지만 동재는 한 푼도 없었다. 게다가 이름도 외우기 힘든 프랑스산 초콜릿을 보고 나니 동네 마트에서 파는 건 시시하게 여겨졌다.

"알았어. 나중에 줄게. 치사해서 팔천 원 준다, 팔천 원!"

동재는 고마운 마음이 싹 사라졌다.

"그럼 좋고. 집안일 알바 중에서는 음쓰 버리기하고, 재활용품 내놓기가 제일 비싸."

은재는 그 말을 남기고 방을 나갔다.

'흥, 그깟 푼돈은 너나 실컷 벌어라. 난 크리스마스 때 엄마 오면 용돈 왕창 탈 거니까. 설날에 세뱃돈도 잔뜩 받을 거고. 그러면 그깟 팔천 원 당장 갚는다!'

동재는 문에 대고 속으로 외쳤다.

교실 문 앞에서 동재는 머리를 한번 쓸어 올리고 심호흡을 했다.

"내가 팍팍 밀어줄 테니까 잘해 봐."

은재 목소리가 귓가에 들려왔다. 어젯밤 연아는 커플링 낀 손 사진을 내렸다. 빈 프로필 자리가 동재에게 손짓하는 것 같았다.

교실로 들어선 동재는 연아 자리부터 보았다. 연아는 짝과 웃으며 장난을 치고 있었다. 남자 친구와 헤어진 분위기가 전혀 느껴지지 않았다. 순간 은재가 잘못 안 건가, 아니면 자길 골탕 먹이려고 거짓말한 건가, 혹시 초콜릿 팔아먹으려고 그러는 건가 별별 의심이 떠올랐다. 하지만 은재가 그럴 정도로 못된 아이는 아니라는 생각이 들었다. 오히려 이별이 아무렇지도 않을 만큼 연아가 찬혁을 좋아한 건 아닐 수도 있다고 생각하자 자신감이 생겼다. 이제 기회를 봐서 초콜릿만 주면 된다.

동재는 콧노래를 흥얼거리며 제자리로 갔다. 먼저 온 민규는 오늘도 누나에게 검사 맡을 문제집을 풀고 있었다.

"열심히 해라."

동재는 민규의 등을 두드렸다.

하지만 동재는 점심시간이 되도록 연아에게 초콜릿을 주지 못했다. 아직 연아와 찬혁이 헤어진 사실을 아무도 모르는 것 같았다. 이런 상황에서 초콜릿을 주다 들키기라도 하면 남의 여친에게 들이댄다는 오해를 받을 수 있다. 그러면서도 한편으론 찬혁이 학교에 나오기 전에 연아에게 마음을 알리고 싶은 조바심이 일었다.

점심시간마저 그냥 보내자 점퍼 주머니 속에 든 초콜릿이 돌덩이처럼 무거워지기 시작했다. 동재는 초콜릿을 주라고 해서 온종일 초조하게 만든 은재가 원망스럽기까지 했다. 초콜릿을 도로 가져가면 용기 없는 바보 취급을 당할 것 같았다. 그 때문이 아니더라도 기왕 가져온 거니 연아에게 꼭 주고 싶었다. 하늘도 동재의 마음처럼 잔뜩 어두웠다.

수업은 이제 2교시밖에 남지 않았다. 5교시는 체육 시간이다. 아이들은 운동장 수업을 하고 싶어 했지만 선생님은 날이 춥다며 자습을 하라고 했다. 그때 누군가 소리쳤다.

"눈이다!"

첫눈이었다. 아이들이 와글와글 떠들며 엉덩이를 들썩였다. 선생님이 하는 수 없다는 듯이 웃으며 나가자고 했다.

첫눈이 연아에게 초콜릿 줄 기회를 만들어 주었다. 동재가 화장실에 다녀오느라 다른 아이들보다 뒤처졌는데, 계단을 혼자 내려가는 연아가 보였다. 주위를 둘러보니 반 아이들이 한 명도 없었다. 동재는 연아에게 뛰어 내려가 초콜릿을 건넸다. 고백이라도 하는 양 떨렸다.

"이게 뭐야?"

"초콜릿."

"왜 주는 건데?"

연아가 빤히 보았다.

동재는 은재가 귀띔해 준 대로 "그냥."이라고 대답했다.

"고마워."

연아 얼굴에 배시시 웃음이 번졌다.

"다른 애들한테는……."

동재 말이 끝나기도 전에 연아가 주위를 살피며 초콜릿을 주머니에 넣었다.

학교가 끝나고 학원에 가는데 연아한테서 메시지가 왔다.

- 초콜릿 고마워~ 은재한테 8시에 페메 하자고 전해 줘

은재한테 직접 하면 되는데 왜 나한테 전해 달라고 할까. 동재는 마치 자기와 채팅하자는 말 같아 가슴이 벅차올랐다. 이제는 남자답게 고백해야지. 2학기 첫날부터 좋아한 것도 말해야지. 흩날리는 눈송이 하나하나에서 종소리가 울리는 듯했다.

수상한 할아버지

학원 차에서 내린 동재는 공원을 가로질러 뛰기 시작했다. 연아가 말한 8시까지는 아직 여유가 있었지만 빨리 은재에게 이 사실을 전하고 싶었다. 하지만 동재는 얼마 안 가 우뚝 멈춰 섰다. 은재가 공원 입구에서 어떤 할아버지와 이야기를 나누고 있었다. 양복을 차려입은 노신사였다. 두 사람의 분위기가 어딘지 심각해 보였다. 누구지? 혹시 나쁜 사람? 그 생각이 들자마자 동재는 은재를 소리쳐 불렀다.

동재를 본 은재는 물론 할아버지까지 당황한 표정을 지었다. 동재는 은재 곁으로 뛰어갔다.

"누구셔?"

동재가 할아버지 쪽을 쳐다보며 물었다.

"그, 그냥, 뭐 좀 물어보셔서. 참, 오빠. 연아 언니한테 초콜릿 줬어?"

은재 말에 동재 머릿속엔 연아에 관한 것만 남았다.

"응, 고맙다는 문자도 받았어! 연아가 니한테 8시에 페메하자고 전해 달래."

둘은 집으로 발걸음을 옮겼다.

"알았어. 근데 아무 말 안 하고 줬지?"

"당연하지. 그런데 찬혁이랑 끝난 건 맞냐? 반 애들 아직 아무 이야기도 안 하던데."

"어젯밤에 헤어지자고 했는데 벌써 소문이 나겠어? 방찬혁도 일방적으로 통보받은 거니까 받아들일 시간이 필요하겠지."

"그러다 안 헤어지면?"

"한쪽 마음이 끝났는데 어쩌겠어. 결국은 헤어질 거야."

은재가 확신에 찬 표정을 지었다. 하긴 엄마 아빠도 그랬다. 엄마가 먼저 헤어지자고 했을 때 아빠는 동의하지 않았다. 아빠는 엄마가 괜히 겁주는 거라고, 저러다 말 거라고 했다. 하지만 엄마는 정말 이혼을 원했고 결국 그렇게 됐다. 한쪽이 강력하게 원하면 상대방도 어쩔 수 없다. 연아와 찬혁도 그렇게 될 거다.

"넌 공부 학원은 왜 안 다니냐?"

문득 궁금해진 동재가 물었다.

"그게 어때서?"

은재가 되물었다.

"5학년까지는 혼자 해도 되는데 6학년 되면 힘들어질걸. 너도 이젠 학원 다니는 게 좋을 거야."

동재는 연아 문제에 관해 은근히 무시하는 것 같은 은재에게 선배로서 조언했다. 하지만 은재에게 산들바람만큼도 영향을 주지 못했다.

"공부는 학원이나 과외보다 자기 주도 학습법으로 해야 진짜 자기 실력이 되는 거래."

"그건 또 어디서 들었냐?"

연아 일만 아니라면 한 대 쥐어박고 싶을 만큼 얄미웠다.

"서울대에 합격한 어떤 언니가 쓴 책에 나왔어. 그래서 난 집에서 시간 정해 놓고 예습 복습을 철저히 해."

"야, 야. 네가 아직 어려서 세상이 책대로 돌아가는 줄 아나 본데 책만 믿었다간 큰코다친다."

"사람이 책을 만들지만 책이 또 사람을 만든다는 말 못 들어 봤어? 나는 책이 영혼의 음식이라는 말을 믿어."

그래, 너 잘났다. 정말 왕재수다.

"야, 정은재! 너 니네 반에서 왕따지? 친구 없어서 학교도 다르고 한 살 더 많은 연아랑 노는 거지?"

"무슨 근거로 그런 말을 해?"

"너 하는 거 보면 딱 왕따당하게 생겼어."

"아니거든. 나 친구 많거든. 오빠야말로 민규 오빠가 안 놀아 주면 친구 없지?"

하여간 말로는 이기기 어려운 아이이다. 이런 애한테는 치사한 수법을 쓰는 수밖에 없다. 학교에서도 유치한 방법을 쓸 때 여자애들이 가장 약 올라 했다. 그것도 6학년이 되면서부터 쓸모없어졌지만. 예전 같으면 팔딱팔딱 뛰었을 애들이 6학년이 되면서부터는 웬만한 장난엔 콧방귀를 풍 뀌며 지나쳤다. 하지만 은재는 아직 5학년이니 제아무리 잘난 척해도 걸려들 거다.

"잘났다, 잘났어! 그래서 찌질이 민규랑 그렇게 수준이 맞는구나. 민규랑 사귀기로 했냐?"

동재는 민규를 미끼로 삼았다.

"그건 수준이 맞아서가 아니라 새로운 인간형을 발견해서 호기심 때문에 관심이 가는 거야."

"새로운 인간형? 그건 또 뭔데?"

동재는 애초의 의도를 잊고 물었다.

"민규 오빠는 오빠 같은 보통 남자애들하고 어딘지 모르게 좀 달라."

다르다는 말이 칭찬처럼 들렸다.

"야! 넌 남자 보는 눈이 높은 것처럼 잘난 척하더니 겨우 찌질이한테 빠진 거냐?"

"마음대로 생각해. 하지만 민규 오빠는 적어도 오빠처럼 허세는 안 부려. 솔직한 걸 찌질하다고 하면 안 되지. 절친이라면서."

"솔직한 거 좋아하시네. 남자 놈이 누나 말에 꼼짝 못 하고 맨날 어리광부리는 게 찌질이지 그럼 뭐냐?"

동재는 은재가 계속 민규 편을 들자 정말 화가 나려고 했다. 그리고 둘 사이를 결사반대하리라 마음먹었다.

"여기서 남자가 왜 나와?"

은재의 말에 한마디 더 하려는 순간, 공동 현관이 열렸다. 동 대표 할머니와 마주친 동재와 은재는 말씨름을 멈추고 공손하게 인사했다.

"아이고, 남매가 오순도순 무슨 이야기가 그리 재미날꼬. 우리 손주들은 눈만 마주치면 싸워 대는데 니들은 언제 봐도 사이가 좋구나. 엄마 아빠가 얼마나 좋을까!"

동재와 은재는 마주 보며 쓴웃음을 지었다.

"참, 오빠. 다음 주 월요일이 무슨 날인지 알아?"

엘리베이터 안에서 은재가 물었다.

"무슨 날인데? 네 생일이냐?"

"내 생일은 5월 19일이고. 그날은 엄마 아빠가 결혼한 지 백 일째 되는 날이야. 우리가 깜짝 파티 해 드리자."

동재는 그날부터 9일 뒤가 연아를 좋아한 지 백 일이 되는 날임을 떠올렸다.

동재는 찬혁보다 더 멋진 선물로 연아에게 감동을 주고 싶었다. 그런데 선물 살 돈은커녕 은재에게 빚까지 있다. 엄마가 오려면 한 달이나 남았고 할머니나 고모네 집에 갈 핑곗거리도 없다. 여주 할머니나 이모한테까지는 차마 연락하기 어려웠다.

솔직하게 말하자면 이미 할머니와 고모에게 전화했었다. 하지만 할머니도, 고모도 짠 것처럼 아빠나 아줌마 몰래 돈을 보내 줄 수는 없다고 했다. 그뿐만 아니라 아빠에게도 아줌마 몰래 이미 두 번이나 용돈을 탔으니 당분간은 돈 나올 데가 없다.

이제 길은 하나뿐이다.

"재활용품 내다 놓으면 이천 원이라고?"

"응, 근데 그건 금요일 하루만 내놓을 수 있어. 음쓰는 버릴 때마다 천 원이고. 그건 내가 양보할게."

동재의 물음에 은재가 말했다. 음식물 쓰레기 버리는 건 은재도 싫어했다. 그러면서 봐주는 척하는 게 못마땅했지만 내색하진 않았다. 어찌 됐건 연아와 지금만큼이라도 가까워진 건 은재 덕분이니까.

철없던 시절은 안녕

8시가 되었다. 그동안 동재는 단원 평가 시험공부 대신 메시지를 보고 또 보았다. 한 글자, 한 글자, 소리 내 읽어 보기도 했다.

"초, 콜, 릿, 고, 마, 워."

그 여섯 글자는 한없이 깊은 의미를 담은 것 같다가 다시 보면 그저 의례적인 내용이 되곤 했다. 연아가 은재한테 초콜릿 이야기를 할까? 내 이야기도 할까? 뭐라고 할까? 1분, 1분이 한 시간처럼 더디게 흘렀다.

몇 시간은 된 것 같았지만 10분밖에 지나지 않은 시간이 흐른 뒤 은재가 동재 방으로 왔다.

"연아랑 페메 했어? 내가 초콜릿 준 이야기 해?"

동재는 은재를 보자마자 물었다.

"응, 처음 보는 초콜릿이라고 자랑하던데. 먹기 아깝다면서 좋아하더라."

"그거 네가 준 거라는 말 안 했지?"

"내가 바보야? 연아 언니가 오빠한테 톡 할지 몰라."

"왜? 뭐 때문에?"

"내가 방찬혁 때문에 기분 꿀꿀하면 우리 오빠랑 톡 하라고 했지. 은근 재밌다고 뻥쳤으니까 잘해."

"네가 잘 모르는 모양인데, 뻥이 아니라 나 알고 보면 완전 재밌어."

동재 말에 은재가 픽 웃었다.

은재가 방을 나간 뒤 동재는 연아 페북에 들어가 보았다. 프로필에 동재가 준 초콜릿이 올라와 있었다. 동재는 올지 안 올지, 언제 올지 모르는 연락을 기다리기보다 먼저 연아에게 말을 걸기로 했다. 바라만 보다가 기회를 뺏기는 건 한 번이면 됐다.

동재는 심호흡을 하고, 스트레칭까지 한 다음 연아에게 말을 걸었다. 연아는 기다리고 있던 것처럼 바로 대답했다.

그동안 동재는 친구들하고 메신저 하는 걸 별로 좋아하지 않았다. 게임할 때 말을 걸어오면 귀찮아 수신 거부를 해 놓거나 못 본 척한 적도 많았다.

하지만 오늘은 달랐다. 연아와 단둘이 있는 것처럼 마음이 달떴다. 메시지라 그런지 하고 싶은 말도 편하게 나왔다. 연아가 메시지마다 재미있고 귀여운 이모티콘을 보내자 더 신이 났다. 그러다 연아가 불쑥 물었다.

- 오늘 초콜릿 왜 준 거야?

순간 아빠가 말했던 타이밍이란 게 왔다는 생각이 스쳤다. 동재는 그 타이밍을 놓치고 싶지 않았다.

- 그전부터 너 좋아했어. 나랑 사귈래?

동재는 숨도 안 쉬고 내용을 쓴 다음 보내기를 누르고 나서야 숨을 토해 냈다. 연아의 대답을 기다리는 동안 가슴이 터질 듯 뛰었다. 연아는 한동안 잠잠했다. 거절하면 어쩌지? 학교에 가서 어떻게 연아 얼굴을 보지? 등줄기에서 식은땀이 흘렀다. 다섯 시간 같은 5분이 지난 뒤 드디어 답이 왔다.

- 근데 당분간 비밀로 해 줄래?

동재는 무엇을 비밀로 해 달라는 건지 헷갈렸다. 사귀는 걸? 아니면 전부터 좋아했다는 걸?

- 뭐를?
- 우리 사귀는 거…

그 순간 방 안을 가득 채운 아찔한 향기에 취해 동재는 잠시 이마를 짚었다. 이대로 쓰러져 죽어도 좋을 것 같았다. 동재는 정신을 차리려고 머리를 흔들며 다시 휴대폰 화면을 보았다. 그사이 연아의 글이 없어졌을까 봐 두려웠다. 하지만 선명한 채 그대로였다.

"근데 당분간 비밀로 해 줄래? 우리 사귀는 거……."

동재는 한 글자 한 글자를 다시 음미하듯 소리 내 읽어 보았다. 말줄임표에 담긴 내용이 뭔지 궁금했다. 어쨌든 사귀자는 게 분명했다! 비밀로 하는 건 동재도 바라는 바다. 아직 방찬혁과 헤어진 것도 안 알려졌다. 그런데 둘이 사귄다고 하면 연아는 양다리를 걸치거나 환승 이별 한 애가 되고 만다. 동재도 남친 있는 애한테 들이댄 걸로 오해받을 수 있다. 하지만 너무 오래 숨기고 싶진 않았다.

- 얼마 동안?

- 방학할 때까지만

- ㅇㅋ

- 이제 섬공부하자

- 열공!

- 너도!

연아가 파이팅하는 이모티콘을 보냈다. 동재도 비슷한 이모티콘으로 화답한 뒤 대화가 끝났다. 동재는 공부는커녕 흥분을 어쩌지 못하고 침대로 다이빙했다. 동재는 조금 뒤 몸을 뒤집어 네 활개를 펼치고선 천장을 보았다. 기분대로라면 아파트 천장을 뚫고 하늘로 날아올랐을 거다.

고백에 성공한 동재는 달리기 선수가 결승선에 도달한 것처럼 무엇을 더 해야 할지 모르는 심정이 되었다. 그리고 몇

분도 지나지 않아 임금님 귀가 당나귀 귀임을 안 이발사처럼 다른 사람들에게 이야기하고 싶어 미칠 지경이 되었다.

- 나 연아랑 사귀기로 했다!!

동재는 민규에게 메시지를 썼다가 얼른 지웠다. 민규에게 알렸다가는 연아와 찬혁이 헤어졌다는 소문보다 연아와 동재가 사귄다는 소문이 먼저 퍼질지 모른다. 진짜 무서운 건 그래서 연아가 사귀자는 약속을 취소하는 거다. 다른 애들한테 다이어리를 보여 줬다고 헤어진 걸 보면 동재에게도 충분히 그럴 수 있다. 그렇더라도 벅찬 가슴에 바늘구멍만 한 틈이라도 내주지 않으면 자다가 심장이 터져 죽을지도 모른다.

은재한테는 괜찮겠지? 연아도 은재랑 친하니까 뭐라고 안 할 거야. 은재한테 연아가 먼저 말할 때까지 비밀로 해 달라고 하면 되잖아. 은재가 그렇게 경솔하거나 입이 가벼운 애는 아닌 것 같으니까. 그리고 덕분에 연아와 사귀게 됐는데 은재한테는 알려 주는 게 도리지. 아무렴 그렇지! 은재에게 말해도 좋은 이유는 끝없이 많았다.

동재는 벌떡 일어나 방문을 열었다. 소파에서 아빠가 무릎을 베고 누운 아줌마를 간질이며 장난치다가 멈추었다. 동재는 한껏 넓어진 마음으로 그 모습을 바라보았다. 사랑하는 사이라면 당연히 그러고 싶을 거다. 동재는 연아와 얼른 친해져 '롤러코스터에서 좋아한다고 외치기'를 하고 싶었다. 찬혁에게 준 다이어리에 썼던 내용이지만 연아가 좋아하는 상대는 이제 동재 자신이었다.

"간식 좀 줄까?"

아줌마가 얼른 일어나 앉으며 물었다.

"괜찮아요."

고백에 성공한 동재는 사흘을, 아니 영원히 굶어도 배고프지 않을 것 같았다.

"은재한테 뭐 빌릴 거 있어서요."

동재는 묻지도 않은 이유를 대며 은재 방문을 두드렸다. 주방이나 화장실을 오갈 때 열려 있는 방 안을 들여다보기는 했지만 들어간 적은 없었다. 문득 이사 온 지 석 달이 지나도록 집에서 아직도 안 가 본 곳이 있다는 게 스스로도 믿기지 않았다.

은재가 문을 열었다.

"샤프심 있으면 좀 빌려주라."

동재는 아줌마와 아빠를 의식해 큰 목소리로 말하며 들어갔다.

"연아 언니랑 얘기 많이 했어?"

문을 닫자마자 은재가 물었다. 동재는 고개를 끄덕였다. 가슴속에서부터 솟구쳐 올라 얼굴로 번지는 웃음을 감추기 어려웠다.

"무슨 얘기 했어?"

둘이 벌써 사귀기로 한 줄은 꿈에도 모르는 얼굴이었다. 동재는 하나를 배우고 열을 깨우친 학생인 양 어깨를 으쓱거렸다.

"고백도 하고 사귀자고 했어. 그랬더니 당분간은 비밀로 하재."

은재 눈이 동그래졌다.

"대박, 벌써 거기까지? 둘 다 화끈한 성격들이네. 그런데 고백을 메시지로 하는 건 좀 아닌데."

"연아가 받아 줬으면 된 거 아니야?"

동재 생각엔 괜한 트집 같았다.

"음……. 언제 만나기로 했어?"

"언제 만나긴. 내일 학교에서 보는 거지."

"어휴, 그건 그냥 학생이니까 학교에 가는 거지, 여친 남친으로 만나러 가는 게 아니잖아. 이젠 특별한 사이니까 따로 만나야지. 사귀자고만 하고 그런 이야기는 안 했어?"

은재의 물음에 동재는 시험에서 백 점인 줄 알았다가 예상치 못한 문제를 틀린 기분이 되었다.

"그, 그거야 내일 학교에서 보면 그때……."

"비밀로 한다면서 학교에서 뭘 어쩔 건데? 아무튼 일단 시작은 됐으니까 조만간 정식으로 프러포즈해. 톡으로 끝내는 건 너무 성의 없잖아. 감동을 줘야지. 참, 그건 그거고 나 지금 엄마 아빠 백 일 서프라이즈 계획 짜고 있었거든. 오빠는 단원 평가 얼마 안 남았으니까 서프라이즈 준비는 내가 할게. 케이크 사고, 영화 예매하려고 하는데 어때?"

은재가 무슨 큰일이라도 하는 것처럼 다이어리까지 펼쳐 들고 말했다. 얼핏 보니 무언가 빼곡하게 적혀 있었다. 동재는 이미 결혼한 아빠와 아줌마의 백 일보다 9일 뒤인 자신과 연아의 백 일이 더 중요했다.

"네 맘대로 해."

동재는 선심 쓰듯 말했다. 연아와의 백 일을 어떻게 할지가 더 급했다. 실제 1일은 오늘부터지만 동재는 연아를 처음 좋아했던 그날부터로 날짜를 세고 싶었다. 자신을 좋아한 지 백 일이나 된 줄 알면 연아가 얼마나 감동할까. 초등학교에서의 마지막 단원 평가를 끝내 놓고 홀가분하게 놀이공원에 가면 딱이다. 문제는 돈이다. 자유이용권을 끊어야 맘껏 놀 수 있는데 값이 만만치 않다. 그뿐인가. 커플링도 사고 밥도 먹어야 한다. 마음이 급해졌다.

"정은재, 알바 표 어딨냐? 냉장고에 안 붙어 있던데."

"여기 있어. 어차피 나 혼자 해서 방으로 가져왔어."

은재가 책상 서랍에서 A4용지를 꺼내 주었다. 가장 비싼 재활용품 내놓기는 일주일에 한 번밖에 할 수 없다. 동재는 그 기회가 백 일까지 두 번뿐이라는 사실이 안타까웠다.

"오빠, 나 돈 얼마나 모은 줄 알아? 오만삼천 원 있다."

동재가 백 일까지 최대한 모을 수 있는 액수를 계산해 보는데 은재가 자랑했다. 동재는 은재의 돈이 눈물 나게 부러웠다. 그리고 그동안 돈이 생기는 족족 피시방에 갖다 바친 게 후회됐다. 그렇게 많은 시간과 돈을 게임으로 날려 버리다니. 철없던 시절은 이제 안녕, 이라고 동재는 결심했다.

마지막 시험

연아에게 고백한 다음 날 동재는 아무것도 달라지지 않은 현실에 실망했다. 연아와 뚝 떨어진 자리에서 상관없는 사이처럼 지내는 건 혼자 좋아할 때나 사귀기로 한 다음이나 다를 바 없었다. 그런데 아이들 틈에서 눈이 마주친 연아가 수줍게 웃으며 보일 듯 말 듯 고개를 끄덕였다. 그 순간 동재는 교실 안이 환한 햇살로 가득 차는 것 같았다. 그러자 비밀로 하는 사이가 더 애틋하고 특별한 느낌이 들었다. 아침이 오면 다른 모습으로 살다 밤에야 제 모습을 찾는 마법에 걸린 동화 속 주인공처럼 동재와 연아는 밤에 만나는 메신저에서 비로소 연인으로 돌아갔다. 동재는 해가 뜸과 동시에 저녁이 오기를 기다렸다.

엘리베이터 닫힘 버튼을 누르는데 공동 현관으로 앞집 마녀 할머니가 들어왔다. 역시나 치렁치렁한 검은색 옷, 챙이 넓은 모자와 스카프, 선글라스로 온몸을 휘감은 차림새였지만 고양이는 안고 있지 않았다.

어젯밤 아줌마와 아빠의 대화가 생각났다.

"앞집 오늘 입주 청소 하더라고요. 내일 이사 온대요."

"어떤 사람들이래요?"

"할머니 혼자 사신다는 것 같아요."

할머니라는 걸 알고 나자 차림새가 더 이상해 보였다. 동재는 엘리베이터 문이 닫히게 놔두었다. 13층에서 내린 동재는 앞집부터 봤지만 이사를 다 마쳤는지 조용했다.

집으로 가자 아줌마가 맞아 주었다.

"나, 지금 주문 상품 작업하러 사무실에 나가야 하거든. 식탁 위에 떡 있으니까 먹어. 앞집에서 주신 이사 떡이야."

마녀 할머니가 준 이사 떡이라고? 동재는 식탁 위를 흘깃 보았다. 평범한 무지개떡이 접시에 놓여 있었다.

"앞집 할머니 보셨어요?"

동재는 자기도 모르게 말을 건넸다. 아줌마가 괴상한 차림새의 할머니를 어떻게 생각할지 궁금했다.

"아니, 떡 가져온 사람은 젊은 사람이었어. 딸이나 며느리인가 봐. 너는 할머니 본 적 있어?"

아줌마가 목도리를 두르며 말했다.

"전에 한 번 엘리베이터에서……."

"그랬구나. 이웃 어른들 만나면 인사 잘해. 알았지?"

동재는 마지못해 "네." 하고 대답했다. 아줌마도 할머니를 보면 그런 소리를 하지 않을 거다.

아줌마가 나간 뒤 동재는 우유와 함께 떡을 먹으면서도 휴대폰에서 눈을 떼지 않았다. 연아에게 평가 시험 준비 열심히 하라고 메시지를 보내자 '너도'라는 답이 왔다. 이모티콘을 하나씩 주고받고 나니 더 할 말도 없었다. 민규도 누나가 내 준 숙제를 하느라 바쁜지 잠잠했다.

은재가 왔다. 동재는 떡을 다 먹었지만 혹시 연아 이야기가 나올까 싶어 식탁에 그대로 있었다. 손을 씻고 나온 은재가 맞은편에 앉았다.

"웬 떡이야?"

"앞집 이사 떡이래. 너 앞집 할머니 만났다고 한 거 진짜

뻥이지?"

대뜸 연아 이야기부터 하는 건 좀 쑥스러워서 앞집 이야기를 꺼냈다.

"그건 왜?"

"넌 앞집 할머니 평범하다고 했잖아. 그런데 그 할머니, 옷도 완전 새카만 걸로 이상하게 입고, 이상하게 생긴 고양이까지 안고 있었어. 분위기가 완전 이상한 게, 영화에 나오는 마녀 같다고."

이상하고 마녀 같다는 말 외에는 제대로 묘사할 단어를 찾기 어려웠다.

"뭐? 고양이를 안고 있었다고? 고양이 안고 다니기 쉽지 않은데."

은재가 고개를 갸웃거렸다. 동재는 은재가 화제를 바꾸었음을 알아차리지 못했다.

"거봐. 정말 이상하다니까."

"이 세상에 이상한 건 없는 거래. 자기가 이해를 못 하는 거지."

"그건 또 누구 말씀이냐?"

"얼마 전에 읽은 책에서 주인공 삼촌이 한 말이야."

"하여간 너는 아는 거 많아서 좋겠다."

"참, 크리스마스이브 날 성당에서 성탄제 하는데 나, 성가대 반주하기로 했다. 그거 맡았던 언니가 갑자기 못 하게 됐거든."

어쩌라고. 동재는 시큰둥한 표정을 지었다.

"오빠도 그때 성당에 와. 연아 언니랑 나도 연극에 나와."

"정말?"

귀가 번쩍 뜨였다.

"응, 그러니까 꼭 와."

은재야 안 봐도 되지만 연아는 남친으로서 꼭 봐야 한다.

"알았어!"

그때 민규에게서 전화가 걸려 왔다.

"동재야, 단원 평가 날 찬혁이 학교 온다는데 어떡하냐?"

동재는 연아와 사귀는 걸 민규가 눈치챈 줄 알고 깜짝 놀랐다.

"어, 어떻게 알았어?"

이야기의 진원지를 확실하게 알아 놓아야 연아에게 해명할 수 있다.

"연아가 다이어리 돌린 것 때문에 헤어지자고 해서 찬혁이 엄청 열 받았대."

그제야 민규의 말을 제대로 파악한 동재는 안심했다. 그리고 드디어 연아와 찬혁의 이별이 알려지는 것 같아 기뻤다. 하지만 민규는 걱정이 한 보따리였다.

"우리한테 불똥 튀면 어쩌지? 찬혁이 이번에 맡은 역할 때문에 검도도 배웠다는데."

"우리? 뭐가 우리야?"

"야, 너도 연아 다이어리 봤잖아."

"그건 네가 억지로 줘서 할 수 없이 맡았던 거잖아. 그리고 난 내용 안 봤어."

"와, 치사하게 빼냐."

"암튼 나 끌어들이면 절친 사이 끝인 줄 알아라."

다시 생각하니 찬혁이 학교에 나온다는 건 동재에게도 그리 반가운 소식이 아니었다. 혹시라도 자기가 없는 새 연아와 사귀기 시작한 걸 알면 동재도 가만두지 않을지 모른다. 그리고 연아와의 관계도 걱정됐다. 투투에, 커플링에, 손등 뽀뽀까지 했다는 찬혁과 연아에 비하면 자신과 연아는 별로 내세울 게 없었다. 학교에선 남들 모르게 눈길을 주고받는 게 다이고, 밤이면 메신저로 수다나 떠는 관계는 파도 한번 밀려오면 흔적 없이 사라질 모래성 같았다. 찬혁이 나타나면 연아 마음이 다시 바뀔 수도 있다. 초조해진 동재는 하루 빨리 정식으로 프러포즈를 하기로 했다.

동재는 심호흡을 하고 연아에게 말을 걸었다.

- 셤 끝나고 일요일에 뭐 할 거야?

- 연극 연습 하러 성당 가는데, 왜?

- 만나서 할 말이 있어서

진짜 백 일이 되는 날은 수요일이지만 평일이라 일요일로 당겼다. '백 일'이란 말은 그날의 감동을 위해 남겨 두었다.

- 5시까지 연극 연습 하는데…

- 그때까지 기다릴게

- 알았어. 너 공부 많이 했어?

- 학원에서 문제집 푼 거밖에 없어. 너는?

- 나도 많이 못 해서 지금부터 해야 돼. 열공~

- 열공!!

메신저를 마친 동재는 서랍 속에서 돈 통을 꺼냈다. 그동안 집안일 알바로 모은 1만 3500원이 들어 있었다. 그만한 액수도 아르바이트 항목에 없는 화장실 청소와 베란다 청소까지 한 덕분이었다.

동재는 인터넷에서 커플링값을 알아보았다. 문구점에서 파는 몇백 원짜리도 있지만 이미 찬혁에게 좋은 커플링을 받아 본 연아한테 그런 값싼 걸 줄 수는 없다. 금은 꿈도 못 꾸고 은반지도 4, 5만 원은 있어야 했다. 연아의 연극 연습 덕분에 놀이공원 갈 시간이 없는 게 다행이었다. 놀이공원은 방학 때 가면 된다. 엄마가 오면 여주 할머니 집에도 갈 테니 돈 생길 일이 많다.

단원 평가 날 아침, 교실 안은 다른 때보다 조용했다. 동재도 책을 들여다보고 있었지만 신경은 온통 찬혁이 언제 오는지에 쏠려 있었다.

“불안해서 공부가 안되네. 시험 망치면 안 되는데…….”

동재 못지않게 찬혁을 신경 쓰는 민규가 투덜거렸다.

갑자기 교실 안이 소란스러워졌다. 앞문으로 들어온 찬혁 때문이었다. 찬혁은 그사이 더 멋있어진 것 같았다. 어른처럼 긴 코트를 입은 모습이 드라마에서 막 튀어나온 듯했다.

여자애들은 찬혁이 진짜 '강수하'나 되는 듯 소리를 질러 댔다. 다른 반 아이들도 교실을 기웃거렸다.

찬혁은 곧장 연아에게로 다가갔다. 반 아이들 모두가 뚫어질 듯 바라보고 있는데도 아랑곳하지 않고 안주머니에서 장미꽃 한 송이를 꺼내 연아에게 내밀었다. 뒤에 앉은 동재는 연아의 표정을 볼 수 없었다.

드라마에서 이상한 것만 배워 가지곤. 동재는 속으로 찬혁을 흉보았다. 그 느끼한 짓에 여자애들이 야유를 보내기는커녕 좋다고 꺅꺅거렸다. 휴대폰을 꺼내 사진을 찍기도 했다. 찬혁은 가방에서 별이 가득 담긴 유리병을 꺼냈다. 부러움과 야유 섞인 환호성과 박수 소리가 더 커졌다.

찬혁이 유리병을 들어 보이며 뭐라고 했지만 들리지 않았다. 촬영장에서 만들었대. 틈틈이 만든 거래. 찬혁의 말은 흥분한 아이들에 의해 파도처럼 퍼져 나가 동재는 물론 연아와 가장 멀리 떨어진 자리에 앉은 아이까지 듣게 되었다.

"쳇, 똥폼은! 무슨 영화 찍는 줄 아나."

동재의 말은 민규에게조차 들리지 않고 묻혀 버렸다.

"뽀뽀해! 뽀뽀해!"

승주와 그 패거리가 손뼉을 치며 부추겼다. 너희는 그게

살길이겠지. 동재는 그 애들을 비웃으면서도 뽀뽀라는 말에 잔뜩 긴장했다. 진짜 하면 어쩌지? 손등이라고 해도 여친이 전 남친에게 뽀뽀받는 걸 보고만 있을 수는 없지 않은가. 그렇다고 나설 수도 없고. 속이 타들어 가는데 연아가 거절하는 것 같았다. 찬혁이 제자리로 가는 걸 보고서야 동재는 마음을 놓았다.

"휴, 쟤네 안 헤어졌나 봐. 다행이다!"

연아와 찬혁의 애정 전선이 이상 없기를 승주보다 더 간절히 바라는 또 한 명, 민규가 안도의 한숨을 내쉬었다. 그러고는 고개를 갸웃거리며 덧붙였다.

"근데 찬혁이 정도면 다른 애도 얼마든지 사귈 수 있는데 왜 연아 같은 애한테 빠져서 저럴까?"

동재는 민규에게 한 방 날리고 싶은 걸 간신히 참았다.

오해

동재가 청소기를 돌리고 있는데 초인종이 울렸다. 동 대표 할머니였다.

"설문 조사 하러 왔는데 엄마 계시니?"

현관문을 여는 사이 사무실 나갈 채비를 차린 아줌마가 방에서 나왔다.

"저 앞집은 도대체 뭐래?"

동 대표 할머니가 아줌마를 보자마자 말했다.

"왜요? 무슨 일 있었어요? 차 한잔 드릴까요?"

"아냐. 이거 끝내려면 바빠. 좀 전에 서명받으러 앞집에 갔더니 대낮에 암막 커튼을 치곤 불을 켜 놓고 있는 거야.

앞집이랑 서로 왕래 좀 있어?"

앞집 할머니 이야기가 나오자 동재는 귀가 쫑긋 섰다.

"아뇨. 차라도 한번 대접해야지 하면서도 연말이라 경황이 없네요. 무슨 서명 하는 거예요?"

동재는 아줌마가 바빠서 다행이라고 생각했다.

"놀이터 보수 공사, 쉼터 의자 교체 설문 조사야. 읽어 보고 원하는 쪽에 표시하면 돼. 이 집 사장님 성격도 좋고 일도 잘하실 것 같던데 아파트 주민 대표에 출마하라고 해."

"호호, 성격 좋은 건 맞아요."

아줌마가 서명을 끝내자 동 대표 할머니는 잠시 청소기 작동을 멈춘 채 서 있는 동재를 보며 말했다.

"엄마 바쁘다고 청소도 해 주고 보기 드문 효자네."

"돈 받고 하는 거예요."

동재는 퉁명스레 대꾸했다. 집안일 하는 것도 짜증 나는데, 그렇게 만든 아줌마의 친아들로 오해받는 게 싫었다.

"요새 애들은 손만 내밀면 돈이 나오는 줄 아는데, 일하고 돈을 받으니 얼마나 기특해."

동 대표 할머니가 간 뒤 아줌마가 웃으며 말했다.

"기특한 동재 씨, 계속해. 지난번에 보니까 소파 밑에 먼지 그대로 있더라."

동재는 청소기 세기를 가장 높여서 거실을 밀고 다녔다. 할 수만 있다면 아줌마를 청소기로 빨아들이고 싶었다. 아줌마가 먼지 뭉치로 가득 찬 청소기 통에 빠져 허우적거리는 모습을 상상하니 기분이 조금 풀렸다.

"케이크 만팔천 원, 영화표 이만 원이니까 우리 둘이 만구천 원씩 나눠 내면 돼."

토요일 밤, 은재가 말했다.

"뭐? 내가 왜 돈을 내?"

"무슨 소리야? 오빠도 자식이니까 내야지."

"네가 알아서 준비한다고 했잖아. 그럼 돈도 네가 다 낸다는 소리 아니야?"

"오빠 시험이라 봐줘서 내가 준비한다고 한 거지, 언제 돈도 나 혼자 다 낸다고 했어? 좋게 말할 때 얼른 내. 그동안 알바한 돈 있잖아."

은재가 손바닥을 내밀었다.

"연아하고 커플링 하려고 모은 거야. 어딜 넘봐?"

동재가 은재의 손바닥을 탁하고 쳐냈다.

"오빠는 지금, 연아 언니 커플링은 해 주면서 엄마 아빠 백 일 파티 해 줄 돈은 없단 말이야? 그러고도 아들이라고 할 수 있어?"

은재가 따지고 들었다.

"효녀 노릇은 너 혼자 해라. 너야 너희 엄마가 결혼한 게 좋은지 모르겠지만 난 아니거든. 너희 엄마만 아니면 우리 아빠랑 엄마랑 다시 결혼할 수도 있었다고! 너희 식구가 그 기회를 뺏은 거라고!"

이야기하다 보니 정말 그런 것 같아서 동재는 목청을 더 높였다. 얼굴이 빨개진 은재가 숨을 쌔근거리며 동재를 노려보았다.

"그렇게 노려보면 어쩔 건데?"

갑자기 은재 눈에 눈물이 고였다.

"나는 뭐 뺏긴 거 없는 줄 알아?"

동재는 은재가 울까 봐 당황했다. 하지만 은재는 잠시 그렇게 서 있다 문을 쾅 닫고 나가 버렸다. 동재는 휴, 하고 가슴을 쓸어내렸다.

은재가 화난 건 하나도 겁나지 않았지만 운다면 어떻게 해야 할지 걱정스러웠다. 그동안 연아 문제 때문에 얼떨결에 가까워졌지만 다시 그전으로 돌아가도 상관없었다. 연아와의 관계도 이제는 은재 도움 없이 알아서 할 수 있다. 동재는 얼른 멋진 커플링으로 프러포즈를 해서 연아와 당당한 연인이 되고 싶었다.

일요일 점심, 식탁 위에 은재가 케이크를 올려놓았다.

"내일은 모두 바쁘니까 오늘 파티해요."

"웬 케이크야? 수진 씨, 오늘 누구 생일이에요?"

아빠가 물었다.

"글쎄요? 은재야, 무슨 케이크야?"

"내일 엄마 아빠 결혼 백 일 기념일이잖아요. 그래서 오빠하고 케이크랑 영화표 준비했어요. 이 카드는 혼자 쓴 거지만요."

은재는 어제 저녁때 싸운 일은 까맣게 잊은 듯 상냥한 말투로 이야기했다.

"오빠, 뭐 해? 초 꽂지 않고."

은재가 어정쩡하게 있는 동재에게 초를 건넸다.

"나는 기억도 못 하고 있었는데. 고맙다, 은재야! 수진 씨, 이래서 사람들이 딸 키우는 재미가 있다고 하나 봐요."

동재는 진짜 감격에 겨워하는 아빠를 외면한 채 초를 꽂았다. 열 개나 되었다.

"초 하나에 십 일씩이에요. 불은 아빠가 붙여 주세요."

아빠가 성냥 불을 초에 옮겨 붙이는데 갑자기 아줌마가 손뼉을 치며 말했다.

"어머, 동재가 그래서 요새 그렇게 집안일을 열심히 했던 거구나. 고마워!"

아줌마도 아빠 못지않게 감동받은 표정이었다. 동재는 완전 헛다리를 짚은 아줌마 말에 민망해져 슬며시 고개를 돌렸다.

아빠는 은재가 준 카드를 소리 내 읽었다.

"엄마, 아빠! 결혼 백 일 축하합니다. 앞으로 오래오래 행복하게 사세요. 엄마 아빠의 아들 딸, 동재 은재 올림."

혼자 썼으면서 '아들'은 왜 집어넣었는지, 동재는 얼굴 위로 벌레가 기어 다니는 것 같았다.

"빨리 촛불 끄세요."

은재의 재촉에 아빠와 아줌마가 함께 촛불을 껐다.

은재가 박수를 치며 동재에게 눈짓을 보냈다. 동재는 할 수 없이 함께 박수를 쳤다. 아무래도 은재의 꾀에 넘어간 것 같았다. 동재는 손뼉을 칠 때마다 은재에게 절대로 돈을 주지 않겠다고 다짐했다.

아빠와 아줌마가 외출하고 둘만 남자 은재는 친한 척하던 모습을 싹 바꾼 채 쌀쌀맞게 굴었다.

'흥, 그럼 누가 겁날 줄 알고.'

동재도 고개를 돌려 버렸다. 그런데 이상하게 전과 달리 말을 하지 않는 게 너무 불편했다. 동재는 결국 은재 방 문을 열고 말했다.

"만구천 원이라고 했냐? 야, 내가 치사해서 이만 원 준다, 이만 원!"

커플링을 위하여

결혼 백 일 서프라이즈에 들어간 돈을 갚겠다고 했는데도 은재는 계속 새침하게 굴었다.

'쳇, 내가 저 아니면 못 할 줄 알고?'

은재에게 묻는 대신 동재는 인터넷 지식 검색에 '여친과의 백 일 기념'에 관한 질문을 올렸다. 초딩이 무슨 연애냐, 공부나 해라, 같은 답변도 있었지만 친절하고 상세한 답변도 있었다. 동재는 정보를 찾아 가며 계획을 짰다.

은 커플링- 4만 원: 인터넷에서 본 것처럼 우리 둘의 이니셜과 하트를 새겨 넣으면 좋을 것 같다.

장미꽃- 5천 원: 이미 찬혁이 한 거지만 프러포즈에 꽃이 빠질 수는 없다. 장미꽃 100송이를 사면 더 근사하겠지만 비싸고, 또 연아가 부담스러워할 수 있다.

저녁- 2만 원: 패스트푸드점이나 분식집보다는 분위기 있는 카페가 좋을 것 같다. 지하철역 쇼핑몰에 학생들이 갈 만한 카페가 있다고 한다.

거기까지만 해도 벌써 6만 5000원이다. 저녁을 먹고 나서는 코인노래방에 가야 한다. 만 원. 노래를 부른 다음 커플링을 끼워 주며 프러포즈를 해야 하니까. 돈 걱정은 사라지고 심장이 쿵쾅거렸다. 극장도 가까워지기 좋은 장소라는데 캄캄한 곳에 나란히 앉아 있으면 영화도 제대로 못 볼 것 같다. 은재에게 민규와 단둘이 만나는 건 안 된다고 했던 아줌마 말이 생각났지만 무시하기로 했다. 아줌마 아들도 아닌데 뭐……. 그건 은재나 지키라고 해.

아무튼 동재가 그렇게 열심히 계획을 짜거나 꼼꼼하게 예산을 세워 본 건 태어나서 처음이었다. 그게 다 사랑의 힘만 같아 뿌듯했다. 문제는 돈이었다. 계획대로 하려면 8만 원은 필요했다. 그런데 2만 4500원밖에 없었다. 그동안 일 중독에 걸린 것처럼 집안일 알바를 해서 모은 돈이다.

동재는 쓸 일 없는 잔돈을 넣어 둔 사랑의 빵 저금통을 찢었다. 놀랍게도 1만 1320원이나 들어 있었다. 그래도 4만 4180원이 모자랐다. 연아를 만나기로 한 날은 이틀 뒤니 그 사이 잠도 안 자고 집안일을 한다고 해도 어림없다. 동재는 수학 문제를 풀 때보다 더 머리를 쥐어짜며 계산하다 한숨을 내쉬었다. 그때 민규에게서 내일 피시방에 가자는 톡이 왔다. 동재는 구세주를 만난 것 같았다. 민규라면 분명히 비상금이 있을 거다.

- 절친, 돈 좀 빌려주라
- 얼마? 한 시간은 내가 내 줄게
- 그런 푼돈 말고 5만 원
- 5만 원? 어디 쓸라고?

동재는 답답해서 전화를 걸었다.

"실은 나 누구한테 프러포즈하려고 해. 그래서 커플링도 사고 데이트도 해야 하는데 돈이 모자라. 크리스마스 지나고 갚을 테니까 좀 빌려주라."

절친의 느닷없는 프러포즈 소식에 충격받은 듯 민규는 잠시 말이 없었다.

"누구야? 나도 아는 애야?"

연아란 사실을 밝히는 게 돈을 빌리기에 유리한지 불리한지 고민하는데 민규가 바로 해결해 주었다.

"누군지 말하면 돈 빌려주는 거 생각해 볼게."

어쩔 수 없다. 말해 주고 비밀을 당부하는 수밖에.

"놀라지 마. 연아야."

그 말을 하는 순간 동재는 온몸이 짜릿했다. 민규는 더더욱 놀란 듯 또 침묵을 지키다가 간신히 말했다.

"연아? 우리 반 그…… 연아?"

"그 연아가 아니라 서연아."

동재는 연아의 현 남친인 게 자랑스러워 농담할 여유까지 생겼다.

"아, 좀! 뻥까지 말고."

민규는 휴대폰에서 튀어나올 기세였다.

"뻥 아니고 진짜거든. 연아가 비밀로 하자고 해서 그동안 말 못 했어. 미안하다."

"와, 서연아, 제대로 환승 타네. 근데 너 시험 날 찬혁이 못 봤어? 괜찮겠냐?"

민규의 말 속에는 걱정이 섞여 있었다.

"안 괜찮음 지가 어쩔 건데. 연아 맘은 벌써 나한테 와 있는데."

봐 주는 사람도 없는데 가슴이 쫙 펴졌다.

"암튼 내가 지금 당장 너희 동네로 갈게. 기다려!"

"오만 원이야. 돈 안 갖고 오면 안 만나 준다."

동재는 큰소리까지 치고 전화를 끊었다.

'봐라, 정은재. 너 없이도 잘할 수 있다고.'

방을 나가니 1407호 아줌마가 식탁에서 차를 마시고 있었다. 프러포즈 계획 짜고 돈 계산하고 민규와 통화하느라 온지도 몰랐다. 동재는 꾸벅 인사하고 화장실로 갔다.

"아니, 밤이면 모르지만 낮에 인터폰을 하더라니까요. 또 그러면 어쩌죠? 추운데 밖에 데리고 나가 놀릴 수도 없고."

위층 아줌마가 하소연을 했다. 무슨 이야기인지 알 것 같았다. 1407호에 사는 다섯 살짜리와 일곱 살짜리 형제가 뛴다고 아래층, 그러니까 앞집 할머니가 뭐라고 했나 보다. 동재도 2학년 땐가 아래층 할아버지가 올라온 적이 있었다. 그 할아버지는 낮에는 뛰어도 괜찮은데 밤 9시 이후에는 조용히 하라고 했었다. 그런데 낮에도 못 뛰게 하는 건 너무하다. 동재는 뒷이야기가 궁금해 물을 약하게 틀고 손을 씻었다.

"앞집 할머니가 좀 예민하시긴 하네. 이웃 간에, 그것도 어르신이랑 싸울 수도 없고 어쩌겠어. 하늘이 엄마가 과일이나 음료수라도 들고 가서 양해를 구하는 게 어때?"

"그러잖아도 어제 낮에 쿠키를 갖고 갔어요. 그런데 자기는 단 거 안 먹는다면서 문도 안 열어 주는 거예요. 정말 이상한 할머니라니까요."

이상한 할머니 맞는다니까! 남들은 다 아는 사실을 은재와 아줌마만 모르는 것 같다.

동재는 공원에서 민규를 만났다. 그리고 연아를 좋아하게 된 계기부터 사귀기로 한 과정까지 모두 이야기했다. 민규는 다 듣고 난 뒤 군소리 없이 지갑에서 돈을 꺼냈다.

"내 절친이 연아 같은 스타일을 좋아하는 줄 몰랐네. 아무튼 전부터 좋아했다니 인정! 절친이라면서 그것도 눈치 못 채고 미안하다."

알고 보면 민규는 의리 있고 쿨한 녀석이다.

"고마워, 절친! 이 웬수 꼭 갚을게."

동재가 감동 어린 표정으로 말하며 손을 뻗치자 민규가 돈 쥔 손을 높이 치켜들었다.

"갚는 건 당연한 거고 한 가지 조건이 있어."

"뭔데?"

"그날 니들 만나는데 우리도 끼워 줘."

"우리? 또 누구?"

"나랑 은재."

"뭐어? 말도 안 돼!"

동재는 펄쩍 뛰었다. 은재와 민규 앞에서 프러포즈라니. 역시 끝까지 주접을 떠는 녀석이다.

"연아랑 은재도 친하잖아. 대신 노래방비는 내가 낼게. 네가 뭘 모르는데 처음엔 여럿이 만나야 재미도 있고 뻘쭘하지도 않은 거야."

듣고 보니 그럴듯했다. 단둘이 만나는 건 좀 더 친해진 뒤라야 어색하지 않을 것 같았다. 더구나 노래방비를 내 준다니 귀가 솔깃했다.

"만약에 연아랑 은재가 싫다고 하면?"

동재가 물었다.

"너 같으면 싫다고 하겠냐?"

민규가 자신만만한 표정으로 말하자 믿음이 갔다.

“은재하고 연아한테 미리 말하지 마. 놀래 주게.”

민규 말에 동재는 녀석이 혹시 자기 프러포즈인 줄 착각하는 건 아닌가 하는 의심이 갔다. 하지만 연아와 단둘이 만나는 장면을 상상할 때보다 훨씬 마음이 편해서 그만 생각하기로 했다. 더 중요하고 급한 건 커플링이었다.

민규를 바래다주고 오며 가게들을 살펴보았지만 커플링 살 만한 곳이 보이지 않았다. 동재가 가 보았거나 아는 데라곤 피시방뿐이었다. 돈만 있으면 다 해결될 줄 알았는데 어디서 어떤 걸 사야 할지 막막했다. 인터넷 주문도 이미 늦었다.

동재는 어쩔 수 없이 은재를 떠올렸다. 프러포즈에도 끼워 주기로 했으니 커플링 골라 달라는 부탁쯤은 들어주겠지. 게다가 연아와 친하니 취향도 잘 알 거다. 이참에 화해를 하고 싶은 마음도 있었다. 아쉬운 게 없더라도 한집에 살면서 말을 안 하는 건 꽤 불편했다.

걱정거리를 모두 해소한 동재는 집을 향해 가붓한 발걸음을 옮겼다. 그러다 공원에서 은재를 발견하곤 걸음을 멈추었다. 은재는 전에 본 적 있는 그 할아버지와 함께 있었다. 할아버지가 은재에게 무언가를 건넸다. 문득 동재는 아이를 이용해 나쁜 물건을 전달하는 범죄 영화의 한 장면이 떠올랐다. 할아버지는 은재의 어깨를 토닥인 뒤 멀어져 갔다. 약간 굽은 자세로 힘없이 걸어가는 모습이 범죄자 같진 않았지만 수상한 느낌은 여전했다.

할아버지의 뒷모습을 바라보던 동재는 누가 툭 쳐서 깜짝 놀랐다. 은재였다. 손부터 봤지만 은재는 빈손이었다.

“여기서 뭐 해?”

“너, 저 할아버지한테 뭐 받은 거야?”

동재가 대답 대신 물었다. 은재는 움찔하며 어깨에 멘 손가방 끈을 꽉 잡았다. 이것 봐. 뭐가 있는 게 분명해.

“오빤 몰라도 돼.”

은재가 시선을 피하며 말했다.

“너, 나중에 경찰한테 붙잡혀 가도 나 원망하지 마라.”

동재는 그런 일이 벌어져도 상관하지 않겠다고 다짐했다.

“뭔 경찰서?”

은재가 어리둥절한 얼굴로 동재를 보았다.

“저 할아버지, 너한테 무슨 나쁜 짓 시키는 거 아냐?”

동재의 말에 은재가 어이없어했다.

“그런 거 아니거든. 앞집 할머니한테 뭘 좀 전해 달라고 주신 거야."

"그 이상한 할머니랑 아는 할아버지라고? 근데 직접 주지 왜 너한테 전해 달래?"

"그런 게 있어."

동재는 더 캐묻고 싶었지만 참았다. 커플링 사는 게 급한 마당에 은재 기분을 건드리고 싶지 않았다.

"그건 됐고. 야, 나 모레 연아한테 프러포즈할 건데 그때 줄 커플링 좀 골라 주라."

동재는 저절로 저자세가 됐다.

"정말? 어떤 거 살 건데?"

은재 눈이 동그래졌다.

"은 커플링 어때?"

"완전 괜찮지. 프러포즈는 어디에서 할 거야?"

단번에 거절하면 어쩌나 걱정했는데 은재는 오히려 신나 했다.

"노래방에서. 그럼 내일……."

그때 은재 휴대폰 메시지 알림음이 울렸다. "잠깐만." 하며 휴대폰을 본 은재가 물었다.

"프러포즈하는 데 나도 가는 거야?"

"민규냐? 촐싹이 자식. 그래, 너랑 민규도 같이 와."

"그런데 오빠 돈 없잖아. 커플링만 해도 비쌀 텐데."

걱정해 주는 건지 무시하는 건지 몰라도 다 해결했다. 동재는 당당하게 대꾸했다.

"돈 있어. 민규한테 빌렸어."

"뭐? 나한테도 갚을 돈 있으면서 또 빌렸다고?"

"네 돈 안 떼어먹을 테니까 걱정 마. 우리 엄마 오면 돈 타서 다 갚을 거거든."

은재가 혀를 차며 고개를 절레절레 저었다.

"찬혁이한테 좋은 거 받았을 텐데 나도 은 커플링 정도는 해야지. 너, 아빠나 너희 엄마한테 말하면 가만 안 둔다!"

"말 안 해. 연아 언니가 나랑 민규 오빠도 같이 만나는 거 알아?"

"서프라이즈 하려고 말 안 했는데, 싫어할까?"

"연아 언니도 둘이 만나는 건 좀 그럴 거야. 우리가 분위기 띄워 줄게."

"오키. 민규하고 모레 다섯 시까지 성당 앞으로 갈게. 참, 근데 커플링 같은 건 어디에서 파냐?"

"지하철역 상가에 가면 있어."

"그럼 낼 오전에 가자. 같이 도서관 간다고 하고 나오면 되잖아."

"그 대신 오빠도 내 부탁 하나 들어줘."

갑자기 은재가 태도를 바꾸었다.

"뭔데? 돈 드는 거면 못 한다."

동재가 미리 못을 박았다.

"그런 거 아니야. 앞집에 같이 가 달라고. 할머니한테 전해 드릴 거 있는데 오빠가 자꾸 이상한 할머니라고 하니까 혼자 가기 겁나서 그래."

"왜, 집 사용하는 거 허락받을 때는 안 무서웠냐."

동재 말에 은재는 눈길을 피했다.

"알았어. 같이 가."

동재가 얼른 덧붙였다. 거짓말을 했는데 자꾸 캐물으면 난처할 테니 그 일은 이제 덮기로 했다. 연둣빛 고양이 눈이 떠올랐지만 은재와 둘이고, 또 밖에서 전해 주면 되니 무서울 것 없었다.

어둠 속의 나비

은재가 앞집 초인종을 눌렀다.

"누구세요?"

왠지 음산하게 들리는 할머니의 목소리에 동재는 고개를 움츠렸다.

"안녕하세요? 저는 앞집 사는 앤데요. 말씀드릴 게 있어서요."

은재 목소리도 떨리는 것 같았다. 잠시 후 문이 열리고 할머니가 모습을 나타냈다. 스웨터와 바지를 입은 평범한 차림에 고양이도 안고 있지 않았다. 은재가 '뭐가 이상하다는 거야?'라는 표정으로 동재를 보았다.

"앞집 산다고? 할 이야기가 뭐냐?"

할머니가 동재와 은재를 훑어보며 물었다. 차림새는 전과 달랐지만 표정이나 말투가 딱딱해 무섭기는 마찬가지였다.

"저……."

은재가 주저하자 할머니는 말했다.

"여기 서서 이럴 게 아니라 잠깐 들어와라."

뜻밖의 말에 은재가 동재를 보았다. 동재는 고양이가 떠올라 살짝 고개를 저었다.

"춥다. 어서 들어와."

할머니가 문을 더 열었다. 중문이 닫혀 있어 집 안은 보이지 않았다.

"그럼 들어가서 말씀드릴게요."

은재는 벌써 한 발을 들이밀고 있었다.

"그게 아니고. 야, 나."

동재는 '고양이 무서워한단 말이야.'라는 말을 꿀꺽 삼켰다. 그 사실을 연아가 알면 실망할 것 같았다. 동재는 은재 옷자락을 슬며시 잡고 집 안으로 들어갔다.

동 대표 할머니의 말과 달리 커튼이 활짝 젖혀진 거실엔 은은한 조명이 비치고 있었다. 옛날 영화를 보던 중이었는지

TV의 흑백 화면이 눈물을 머금은 여자 얼굴로 가득한 채 멈춰 있었다. 고양이는 보이지 않았다.

동재는 아빠 본가와 엄마 본가에 자주 가 봐서 노인들이 사는 집이 어떤지 알았다. 그런데 앞집은 분위기가 전혀 달랐다. 오래된 장식장이나 자식, 손주 들 사진 대신 영화 DVD와 책이 가득 꽂힌 책장이 있었다. 그리고 바닥에서 천장까지 닿는 기둥 같은 것도 두 개나 보였다. 기둥 중간중간에는 선반과 새집 같은 게 달려 있었다. 혹시 마녀 의식에 쓰는 건가! 동재는 은재 옷자락 잡은 손에 더 힘을 주며 작은 소리로 물었다.

"저게 뭐야?"

"캣타워잖아."

고양이 타워? 타워까지 설치해 놓은 걸 보자 할머니가 얼마나 고양이를 아끼는지 알 수 있었다. 사람보다 고양이와 더 친한 할머니라니. 이상한 거 맞는다.

"거기들 앉아라."

TV 맞은편 소파를 가리키며 할머니도 그 옆에 놓인 흔들의자에 앉았다. 동재는 고양이가 나타나 달려들까 봐 긴장한 채 은재 옆에 앉았다. 슬쩍슬쩍 둘러보니 캣타워 외엔 특이한 게 없었다. 인테리어를 새로 해서인지 동재네보다 오히려 산뜻했다.

"안녕하세요? 저는 정은재라고 해요. 얘는 우리 오빠 정동재이고요. 우리 오빠는 엘리베이터에서 보신 적 있죠?"

은재의 소개에 동재는 엉거주춤 엉덩이를 들고 뒤늦은 인사를 했다.

"그런 것도 같구나. 할 말이란 게 뭐지?"

할머니가 동재를 힐끗 보곤 은재에게 물었다. 그때 어디선가 그 고양이가 나타나 할머니의 무릎 위로 사뿐히 올라앉았다. 동재는 기겁하며 은재 곁에 바짝 다가앉았다.

"어, 고양이다! 러시안 블루네요. 쓰다듬어도 돼요?"

가방에서 할아버지가 준 물건을 꺼내려던 은재는 고양이를 보고 반색했다. 말귀를 알아들은 것처럼 할머니 무릎에서 내려온 고양이가 은재에게 다가와 꼬리를 스쳤다. 동재는 자기 다리에도 닿아 화들짝 놀랐다.

"오구, 오구, 반가워. 이름이 뭐예요?"

아예 바닥으로 내려앉은 은재가 고양이를 쓰다듬으며 귀여워 어쩔 줄 몰라 했다.

"나비란다. 그 녀석은 완전히 개냥이야. 그냥 안고 밖에 나가도 될 정도란다."

할 이야기가 뭐냐고 다그칠 줄 알았는데 할머니는 고양이 이야기가 나오자 자식 자랑하는 사람처럼 얼굴에 미소가 번졌다. 동재의 할머니들과 크게 다르지 않았다.

"와, 산책시키는 고양이를 유튜브에서 본 적 있는데, 진짜 보는 건 처음이에요. 우리 사라도 개냥이였는데 산책은 절대 못 시켰거든요."

은재는 이 집에 온 용건도 잊은 듯했다.

"그렇지. 우리 나비 같은 애는 흔치 않지. 그런데 너도 고양이를 키우는 모양이구나."

은재가 잠시 머뭇거리다 대답했다.

"지금은 아니에요. 무지개다리 건너갔어요."

처음 듣는 이야기였다. 앞집 할머니를 만난 적 있다고 거짓말한 것처럼 고양이 키웠다는 이야기도 꾸며낸 것 같았다. 천연덕스레 뻥을 치다니. 동재는 아빠한테 이 사실을 알려야 하나, 고민됐다.

"저런 안됐구나."

"사라 꿈도 가끔 꿔요. 어, 저기 왔다."

은재가 흥분해서 캣타워를 가리켰다. 무늬가 얼룩덜룩한

고양이가 표범처럼 꼭대기 선반에 앉아 동재를 쏘아보았다. 눈빛이 마치 먹잇감을 노리는 것 같았다. 동재는 간이 졸아붙는 느낌이었다. 소리 없이 다녀서 더 무서웠다.

"저 아인 복이라고 해. 샘이랑 달이는 어디 구석에 숨어 있을길."

두 마리가 더 있다고? 완전 고양이 소굴이잖아! 동재는 자기도 모르게 은재 팔을 움켜잡으며 재촉했다.

"야, 그거 빨리 드리고 가자."

마녀의 집인 것보다 결코 덜하지 않았다.

"그래, 참 할 말이 있다고 했지."

할머니 말에 은재도 "아, 참." 하며 가방 안에서 무언가를 꺼냈다. 포장지에 싸인 손바닥만 한 상자였다.

"저, 이거…… 김, 진 자 섭 자 할아버지가 전해 드리래요."

은재가 할머니에게 상자를 내밀었다.

"네가 그 양반을 어떻게 알지?"

고양이 때문에 잠깐 풀어졌던 할머니 얼굴이 다시 딱딱하게 굳은 채 은재를 쏘아보았다. 상자도 받지 않았다.

"……그냥 우연히 알게 됐어요."

은재가 기어들어 가는 목소리로 말하며 상자를 할머니 곁에 있는 동그란 탁자에 올려놓았다. 할머니는 힐끗 보았을 뿐 손도 대지 않았다. 동재는 무서운 와중에도 할머니와 할아버지는 어떤 사이인지, 상자 속에 든 게 무엇인지 궁금했다. 하지만 할머니는 풀어 볼 생각이 없는 듯했다. 긴장 어린 침묵이 거실에 가득했다. 동재는 기침이 나오려는 걸 꾹 참았다. 잠시 뒤에 할머니가 말했다.

"이거 도로 갖다 줘라. 그리고 그 양반을 보거든 우리는 삶의 시간대가 다른 사람들이니, 그 사실을 거역하지 말라고 전해 다오. 피곤하구나. 이제 그만 가 보거라."

할머니가 차갑게 말하곤 리모컨을 작동시켰다. 멈춰 있던 TV 화면이 움직이며 여자와 남자가 기차역에서 헤어지는 장면이 나왔다.

동재는 이 집 분위기가 여느 할머니들 집과 다르게 느껴졌던 이유를 알았다. 살림살이 때문이 아니라 할머니 말대로 삶의 시간대가 달라서였다. 4D 영화가 나온 시대에 흑백 영화를 보고 있다니. 할머니는 아이들을 꾀어 자기 시간대에 가둬 두려는 진짜 마녀일지도 모른다. 위층 아줌마 말대로라면 까칠하기 짝이 없는 할머니가 자신들을 굳이 집에 들인 것도 그래서다. 이런 곳에서는 빨리 도망치는 게 상책이다.

동재는 얼른 일어나 상자를 집어 은재에게 주었다. 할머니에게 꾸벅 인사한 뒤 은재를 끌고 현관 쪽으로 갔다. 나비가 따라왔다. 은재가 신을 신고 쭈그려 앉아 고양이를 쓰다듬었다.

"빨리 가자고."

동재가 재촉했다. 은재가 할머니에게 물었다.

"할머니, 저 고양이들 보러 놀러 와도 돼요?"

"가끔……이라면 그렇게 하렴."

"네, 가끔 올게요. 고맙습니다, 할머니. 안녕히 계세요!"

은재가 기쁜 목소리로 외쳤다.

"나는 절대 안 온다."

동재는 할머니가 못 듣도록 작게 말했다.

Y♡D

동재는 새벽 5시에 잠이 깼다. 다른 때 같으면 일요일 아침에 일찍 눈이 떠진 걸 억울해하며 다시 자려고 애썼을 거다. 하지만 오늘은 연아에게 정식으로 프러포즈하는 날이다. 잠자는 동안에도 계속 생각하고 있던 것처럼 눈을 뜨는 순간 오늘이 그날임이 또렷하게 떠올랐다.

동재는 따뜻한 이불 속에서 행복한 기분으로 열두 시간 뒤의 상황을 떠올렸다. 성당 문이 열리며 (가 본 적이 없으므로 마음대로 상상한다.) 후광에 둘러싸인 연아가 모습을 나타낸다. 기다리고 있던 동재는 연아에게 장미꽃을 건넨다. 동재가 커플링을 연아 손가락에 끼우면 연아도 남은 하나를 동재 손에 끼워 준다. 'Y♡D'라고 새긴 커플링을 낀 연아가 동재의 뺨에(손등이 아니라 뺨에!) 입을 맞춘다. 은재나 민규도 없이 세상엔 오로지 연아와 동재 단둘뿐이다. 그 둘을 에워싸고 반짝이는 폭죽이 피어오른다. 동재는 지치지도 않고 같은 장면을 되풀이해 상상했다.

하지만 상상과 현실은 너무 달랐다. 우선 실제 오후 5시 성당 앞은 너무 추웠다. 갑자기 밀어닥친 한파 예보를 무시한 채 재킷으로 멋을 부린 동재는 덜덜 떨었다.

"야, 남자가 프러포즈 좀 한다고 그렇게 떠냐?"

거위 털 롱 패딩에 목도리까지 감은 민규가 놀렸다. 동재는 추워서 떤다는 말도 하고 싶지 않아 어금니를 꽉 깨물었다. 5시에서 20분이 지났지만 연아와 은재는 나오지 않았다. 은재에게 좀 늦는다는 메시지를 받았기에 채근할 수도 없었다. 동재는 민규가 성당 안에 들어가서 기다리자고 말해 주길 바랐으나 눈치 없는 녀석은 정원에 꾸며 놓은 크리스마스 장식들을 구경하는 재미에 빠져 있었다.

5시 30분이 돼서야 한 무리의 아이들이 밖으로 나왔다. 연아와 은재도 있었다. 후광을 거느린 연아는 상상과 같았지만 동재는 상상과 달리 남들 다 보는 데서 꽃을 꺼내 줄 용기가 나지 않았다.

"민규 오빠, 안녕?"

은재가 민규에게 손을 흔들었다.

"어, 잘 있었냐?"

은재와 민규가 인사를 나누는 동안 동재와 연아는 서먹한 표정으로 눈길을 피했다. 낮에는 같은 교실에서 공부하고, 밤마다 메신저를 했으면서도 처음 만난 사이처럼 어색하기 짝이 없었다.

"오빠 얼굴 새파란 것 좀 봐. 추운데 안에서 기다리지."

은재 말에 연아의 시선이 와 닿는 것이 느껴졌다.

"아, 안 추워."

동재는 멋지고 당당하게 말하고 싶었지만 입이 얼어 발음도 제대로 되지 않았다. 바보처럼 보이면 어쩌지. 동재는 계속 그 사실이 마음에 걸렸고 움직일 때마다 안주머니에서 걸리적거리는 꽃 때문에 신경이 곤두섰다.

"춥고 배고픈데 일단 어디 가서 저녁부터 먹자."

동재는 민규가 말해 준 덕분에 긴장을 풀 수 있었다.

"그러자. 연아 언니, 뭐 먹고 싶어?"

자기 대신 물어봐 준 은재도 고마웠다.

"우리, 저기 갈까?"

연아가 가게를 가리켰다.

매운맛으로 유명한 떡볶이 전문점이었다. 따뜻한 가게 안에 들어가니 살 것 같았다.

"저녁 먹고 노래방은 내가 쏠게. 절친이 프러포즈하는 날인데 그 정도는 해야지."

중간 맛으로 주문한 뒤 민규가 말했다. 동재는 깜짝 놀라 연아의 눈치를 살폈다. 하지만 은재에게 귀띔을 받았는지 놀라는 눈치는 아니었다. 수줍은 미소가 번지는 게 오히려 기대하는 듯한 얼굴이었다.

떡볶이가 나오자 다들 먹기 시작했지만 동재는 쿨피스만 들이켰다.

"오빤 왜 안 먹어?"

은재가 동재를 건너다보며 물었다.

"배 안 고파."

진심이었다. 동재는 아직 주머니 속에 들어 있는 꽃과 커플링, 그리고 프러포즈할 일 때문에 식욕이 느껴지지 않았다. 상상 속에서는 한없이 행복하고 황홀하던 일이 숙제처럼 가슴을 짓눌렀다. 어디 혼자 가서 커플링과 꽃 주는 연습을 해 보고 싶을 지경이었다. 은재와 민규라는 관객이 있어 다행이다 싶다가, 차라리 단둘인 게 낫겠다 싶다가 마음이 오락가락했다.

드디어 그 시간이 왔다. 같은 건물 2층 노래방에 자리를 잡자 돈을 낸 사람답게 민규가 먼저 마이크를 잡고 노래를 불렀다. 민규는 고음 불가 목소리를 춤으로 감추었다. 댄스 음악이라 분위기가 흥겨워졌다.

곧 동재가 선택한 노래 반주가 흘러나오기 시작했다. 인터넷에서 고백하기에 적당한 노래로 추천받은 곡이었다. 민규와 은재가 곡명만 보고도 소리를 질렀고 연아는 쑥스러운 기색으로 고개를 숙였다. 동재는 노래를 부르기 시작했다. 그동안 열심히 연습한 덕에 매끄럽게 노래가 흘러나왔다.

자신감이 생긴 동재는 안주머니에서 꽃을 꺼내 연아에게 주었다. 노래 가사 덕분인지 한쪽 무릎을 꿇고 주는 게 자연스러웠다. 민규와 은재의 괴성 속에 얼굴이 새빨개진 연아가 꽃을 받았다. 동재는 꽃 주는 일을 멋지게 해낸 자신이 자랑스러웠다. 그다음은 커플링을 줄 차례였다. 간주가 시작될 즈음 동재는 마이크를 내려놓고 연아에게 반지를 건넸다.

"끼워 줘. 끼워 줘."

은재와 민규가 박수를 쳐 댔다. 동재는 어쩔 줄 몰라 하다 용기를 내 연아 손에 커플링을 끼워 주었다. 연아도 동재의 손에 남은 것을 끼워 주었다. 동재는 반지 낀 손으로 마이크를 잡고 말했다.

"다음 주 수요일이면 널 좋아한 지 백 일이야!"

왕왕 울리는 마이크가 떨리는 목소리를 감춰 주었다. 연아는 은반지가 반짝거리는 손으로 양 볼을 감쌌다. 동재는 반주가 흐르는 노래를 마저 잘 마무리했다. 노래방 기계가 '100점!'을 외쳤다. 은재와 민규는 물론 두 눈에 하트가 가득 담긴 연아도 박수를 쳤다. 동재는 실수 없이 근사하게 프러포즈를 마쳐 만족스러웠다. 이제 연아 가슴속에 찬혁은 좁쌀만큼도 남아 있지 않을 거다.

흐뭇한 기분으로 자리에 앉는데 민규가 외쳤다.

"뽀뽀해! 뽀뽀해!"

수십 번, 수백 번 상상했던 일인데도 막상 연아 앞에서 그 말을 들으니 당황스러웠다. 전속력으로 달려 결승선에 도달했는데 100미터를 더 뛰라고 하는 것 같았다. 동재는 슬쩍 눈치를 보았지만 연아가 무엇을 원하는지 알 수 없었다. 그때 은재가 끼어들었다.

"뭐래. 사귄 지 얼마나 됐다고 벌써 뽀뽀야?"

동재는 그 말에 오히려 마음이 놓였다.

그날 밤 동재는 자리에 누워 연아와 함께했던 시간을 되돌려 보았다. 마음에 들지 않는 장면들은 모두 지우고 기억하고 싶은 장면들만 남겨서 지칠 때까지 돌려 보았다. 그러고는 성공적인 프러포즈였다고 생각하며 잠들었다. 내일부터는 학교에서도 무지개가 뜨고 폭죽이 피어오르는 날들이 되리라.

연인으로 사는 법

다음 날, 교실에 들어서던 동재는 연아와 딱 마주쳤다. 당황한 동재는 말 한마디 건네지 못한 채 연아 곁을 그냥 지나치고 말았다.

'바보, 어제 멋지게 프러포즈했는데 인사라도 했어야지.'

동재는 자기 머리를 쥐어박고 싶은 심정이 되었다.

'연아가 방학할 때까지 비밀로 하자고 했잖아. 괜히 티 냈다가 연아가 싫어하면 어떡해?'

그 걱정도 있었지만 프러포즈를 하고 나서 연아를 보니 몇 배는 더 부끄러웠다.

점심시간이 되었다. 급식실로 가는데 민규가 동재 옆구리를 쿡 찌르며 눈짓을 했다. 연아가 솔지, 다은과 함께 팔짱을 끼고 걸어가고 있었다. 민규가 빙글거리며 물었다.

"너, 연아랑 같이 밥 먹고 싶지? 이제 여친이잖아."

동재는 깜짝 놀라 주위를 둘러보았다. 민규가 걸핏하면 연아 이야기를 꺼내는 통에 다른 애들이 눈치챌까 봐 조마조마했다. 찬혁이 차인 것도 승주가 연아 다이어리를 다른 아이들한테 보여 줬기 때문이다. 공개적으로 사귀는 사이인데도 그랬는데 동재와 연아는 '비연'이다. 민규 때문에 제대로 사귀어 보지도 못하고 헤어지면 그보다 억울한 일도 없다.

"그만하라고!"

민규를 확 밀치며 나지막이 내뱉은 동재는 걸음을 빨리하다 연아와 가까워져 주춤했다. 그 기척에 뒤돌아본 연아가 생긋 웃었다. 주위 시선부터 살핀 동재가 다시 연아에게 눈길을 돌렸을 땐 뒤통수만 보였다.

점심 메뉴는 현미밥과 배추 된장국, 미트볼, 호박 베이컨 볶음, 깍두기였다. 미트볼을 더 달라고 배식 도우미 선생님에게 조르는 아이도 있었다. 동재도 다른 때 같으면 급식 메뉴에 관심을 가졌겠지만 지금은 길게 줄을 선 아이들 틈에서 연아만 보였다. 동재보다 앞줄에 선 연아는 식판에 반찬을 받고 있었다.

먼저 급식을 받은 민규는 동재를 기다리지 않고 앞서가 버렸다. 후식으로 나온 요거트를 챙겨 들고 테이블 쪽으로 돌아서는데 연아 맞은편 자리에 식판을 내려놓는 민규가 눈에 들어왔다.

'저게, 진짜…….'

화가 남과 동시에 설렘이 밀려왔다. 동재는 어쩔 수 없다는 듯 그쪽으로 갔다. 민규가 센스 있게 연아 맞은편 자리를 비워 두고 솔지 앞에 앉았다. 동재는 자연스레 연아 앞에 앉았다. '비연'이 실감 나면서 마음이 간질간질했지만 동재는 식판에 코를 박은 채 밥만 먹었다.

"참, 찬혁이 촬영 끝났더라. 또 다른 거 한대?"

다은이 물었다. 동재는 귀가 쫑긋 섰다. 연아가 동재를 슬쩍 보곤 대답했다.

"나도 잘 몰라."

"찬혁이한테 선웅 오빠 사인 좀 받아 달라고 해 주라. 형제로 나오니까 친할 거 아냐."

솔지가 부탁했다.

"아, 알았어."

친한 친구들도 연아와 찬혁이 헤어진 걸 몰랐다. 더 조심스러우면서도 단짝들에게조차 말하지 않은 연아한테 서운했다. 동재는 남은 미트볼을 한입에 넣었다.

"정동재. 너, 미트볼 더 먹을래? 아침에 집에서도 먹었더니 물린다."

연아가 갑자기 동재에게 말했다.

"올~."

끼어든 민규가 무슨 말을 할지 몰라 동재는 얼른 "싫어." 하고 대답했다.

점심 먹은 게 얹힌 것 같아 동재는 민규와 함께 운동장에 나가 축구를 했다. 공을 뻥뻥 차니 답답한 속이 좀 풀렸다. 수업 예비 종소리를 듣고 교실로 가려는데 신주머니가 보이지 않았다. 민규와 함께 곳곳을 뒤지다 못 찾고 결국 맨발로 교실까지 갔다. 이를 닦았는지 칫솔과 컵을 든 연아와 솔지를 교실 문 앞에서 마주쳤다. 연아가 동재를 보며 살짝 웃었다. 동재는 솔지가 빤히 바라보는 통에 연아 미소에 답하지 못했다.

"야, 정동재. 너 왜 실내화 안 신었어?"

솔지가 물었다.

"신주머니가 없어졌어."

민규가 대신 대꾸했다.

털 실내화를 신은 연아가 양말만 신은 동재의 발을 내려다보았다. 동재는 한쪽 발로 다른 발을 가렸다. 연아에게 왠지 창피했고 시멘트 바닥이라 발도 시렸다.

잠시 뒤 연아가 동재 발 아래에 여름에 신었던 슬리퍼를 슬쩍 떨구고 갔다. 발바닥이 닿는 부분에 하얀 펜으로 '여나' 라고 쓰여 있었다. 동재는 고맙다는 말은커녕 누가 볼세라 얼른 슬리퍼를 신었다. 그리고 쉬는 시간이 되자마자 슬리퍼를 도로 신발장에 갖다 놓았다. 무심코 슬리퍼를 벗다 '여나' 라는 이름을 들킬까 봐 걱정돼서 신고 있을 수가 없었다.

도로 양말 발로 다니는 걸 본 연아가 눈으로 이유를 물었지만 동재는 그 눈길을 피했다. 연아가 말없이 째려보다가 휙 돌아서 가 버렸다. 동재는 가슴이 철렁 내려앉았다.

그날 밤 동재는 평소처럼 연아에게 말을 걸었다.

- 뭐 해?

연아는 답을 하지 않았다. 동재는 다시 메시지를 보냈다.

- 화났어?
- 미트볼도 그렇고, 실내화도 그렇고, 나는 신경 써 줬더니 반응이 그게 뭐야?
- ㅠㅠ 진짜 미안해. 미트볼은 솔지랑 다은이가 눈치챌까 봐 그랬고, 실내화도 바닥에 니 이름이 있어서 딴 애들이 볼까 봐 그랬어. 미안해

동재는 우는 이모티콘, 사과하는 이모티콘을 연달아 보냈지만 연아는 읽고도 답이 없었다. 단단히 화난 마음을 어떻게 풀어 줘야 할지 난감했다. 동재는 은재 방으로 뛰어갔다.

"은재 없는데."

식탁에 앉아 태블릿으로 쇼핑몰 일을 하고 있던 아줌마가 말했다.

"어디 갔어요?"

"고양이하고 논다고 앞집에 갔어. 무슨 급한 일이야?"

"아, 아니에요."

방으로 돌아온 동재는 연아에게 다시 말을 걸었다.

- 연아야

- 모 해?

- 우리 토욜에 만날까?

그제야 연아가 대답했다.

- 왜? 그날 오후에 연극 연습 하는데…

- 오전에 만나면 되잖아

- 뭐 하게?

- 뭐든지. 너 하고 싶은 거 해

- 나 돈 없는데…

- 걱정 마. 내가 다 쏠게. 너는 하고 싶은 것만 얘기해 주면 돼

첫 데이트

연아가 정한 데이트 코스는 영화 보기와 커플 사진 찍기, 그리고 버거킹에서 햄버거 먹기였다. 원하는 대로 다 해 준다고 큰소리친 터라 돈부터 구해야 했다. 비용을 계산해 보니 3만 5000원 정도가 필요했다. 동재는 일주일 동안 열심히 아르바이트를 했지만 4천 원밖에 벌지 못했다. 은재와 나눠서 하니 일거리도 많지 않았다. 이번에는 은재에게 손을 내밀었다. 은재는 마지막임을 강조하며 돈을 빌려주었다.

"자, 삼만 원. 비상금까지 다 빌려주는 거야. 이제 나한테 갚을 돈이, 초콜릿값 칠천 원하고, 엄마 아빠 백 일 파티 한 거 이만 원 준댔지? 그러면 이만칠천 원에 오늘……."

"다 합해서 오만칠천 원이야. 그 계산도 제대로 못 하냐?"

동재는 치사해서 6만 원 준다는 소리가 나오는 걸 꿀꺽 삼켰다. 그동안 단돈 천 원 벌기도 생각보다 어렵다는 걸 절감했기 때문이다.

"그런데 연아 언니 만날 때마다 돈 너무 많이 쓰는 거 아냐? 그때마다 또 빌릴 거야?"

은재가 걱정스러운 얼굴로 물었다.

"그럼 어떡하냐? 쫌스럽게 반반씩 내자고 할 수도 없고."

"차라리 언니한테 솔직하게 말하는 건 어때? 언니도 오빠가 자기랑 데이트하려고 일주일 내내 알바하는 거 알면 감동 먹을 거야. 오빠가 못 하겠으면 내가 말해 줄까?"

"하지 마. 절대! 연아가 알아서 내면 몰라도 남자 체면이 있지, 어떻게 그런 소리를 하냐? 너, 돈 못 받을까 봐 그러는 모양인데 앞으로 돈 생길 일 많으니까 걱정 마."

은재가 고개를 절레절레 저으며 말했다.

"몰라. 오빠 일은 오빠가 알아서 해."

사실 이제는 은재에게 도움받을 것도 별로 없었다.

연아가 웃으며 다가왔다. 평소엔 하나로 묶고 다니던 머리를 풀어 머리띠를 했다. 훨씬 예뻐 보였다. 그런데 연아는 커플링을 끼고 있지 않았다. 너무 서운했지만 이유를 묻지 못하고 반지 낀 손으로 머리만 쓸어올렸다.

"한참 기다렸어?"

"아냐. 나도 방금 왔어. 무슨 영화 볼까?"

연아는 로맨틱 코미디 영화를 보고 싶어 했지만 15세 이상 관람 가였다. 동재와 연아는 전체 관람 가인 판타지 모험 영화를 선택했다. 어서 열다섯 살이 돼 연아와 로맨스 영화를 보고 싶었다. 표를 사고 난 뒤 연아가 말했다.

"팝콘이랑 콜라도 사자."

미처 그 생각은 하지 못했던 동재는 당황했다. 팝콘과 콜라 커플 세트는 8천500원이나 했다. 그걸 사면 다음에 쓸 돈이 모자란다. 연아 것만 살까? 안 먹고 싶다고 할까? 어찌해야 좋을지 몰라 식은땀이 다 나는데 연아가 구원해 주었다.

"이건 내가 살게."

적절한 순간에 돈을 내는 센스. 동재는 연아가 더 좋아졌다. 동재와 연아는 캐러멜 맛 팝콘과 콜라를 들고 극장 안으로 들어갔다. 연아와 함께 보니 광고까지도 재미있었다. 잠시 뒤 불이 꺼지고 영화가 시작되었다.

주인공들을 따라 모험을 즐기던 동재는 팝콘 통 안에서 연아와 손이 맞닿는 순간 눈앞에서 별이 쏟아지는 것 같았다. 그때부터 영화 내용이 제대로 눈에 들어오지 않았다.

극장을 나오자 정말 판타지 세계에 있다 현실로 돌아온 느낌이었다. 연아와도 성큼 가까워진 것 같았다.

"새로 생긴 셀프 사진관 5층에 있어."

연아가 앞장섰다.

사진을 찍기 전 커플 아이템을 골라 착용하고 배경도 선택해야 했다. 연아는 이것저것 다 해 보며 동재에게 의견을 물었다. 이런 곳이 처음인 동재 눈엔 이거나 저거나 다 비슷해 보여 대답하기가 어려웠다.

기계에 돈을 넣은 동재와 연아는 사진을 찍기 시작했다. 기계 앞에서 동작을 취하는 일도 생각보다 쉽지 않았다.

"잉, 뭐야. 네가 뒤로 가면 내 얼굴이 크게 나오잖아."

첫 동작에서 연아가 투정을 부렸다. 그 모습이 너무 귀여웠다.

"알았어. 이제 잘할게."

연아는 손가락 하트를 만들고, 볼에 바람을 넣고, 양 주먹을 뺨에다 대고 깜찍한 표정을 지었다. 연아가 동작을 척

척 바꿀 때마다 허둥지둥 따라 했지만 계속 한발 늦었다. 마지막에 연아가 동재 뺨에 자기 뺨을 갖다 대는 순간, 동재는 얼른 카메라 앞으로 얼굴을 들이밀었다. 연아 얼굴이 작게 나오게 하기 위해서였다.

다음은 뽑을 사진을 고를 차례였다.

"아, 짜증 나! 제대로 나온 게 없어."

속상한 표정으로 사진을 살피던 연아가 말했다. 정확하게 말하면 연아는 제대로 나왔는데 어정쩡한 동재 모습이 사진을 망치고 있었다. 동재는 전전긍긍하며 연아 눈치를 보았다.

사실 어젯밤, 사진 잘 찍는 법을 배우려고 했는데 은재가 집에 없었다. 또 앞집에 가 있었기 때문이다. 할머니가 분명히 가끔 오라고 했는데 거의 날마다 가는 것 같았다.

'그렇게 눈치 없이 자주 가다 쫓겨나려고.'

동재가 언제 올 거냐고 톡을 보냈지만 답장이 없었다. 고양이랑 노는 데 빠진 모양이었다.

은재는 9시가 넘어서야 돌아왔다. 은재 발소리에 벌떡 일어섰던 동재는 아줌마가 야단치는 소리에 도로 앉았다.

"남의 집에서 이렇게 늦게까지 있다 오면 어떡해?"

고것 쌤통이다.

"잘못했어, 엄마. 시간이 이렇게 된지 몰랐어."

"은재야, 엄마 걱정하시니까 앞으론 좀 더 일찍 다녀라."

아빠 말에 아줌마는 야단치는 걸 그쳤다.

잠시 뒤 은재가 문을 열고 무슨 일이냐고 물었다. 하지만 동재는 열린 문 뒤로 자신을 바라보는 아줌마와 아빠 모습에 아무 일도 아니라고 했다. 그때라도 사진 찍는 방법을 물어봤어야 하는 건데. 너무 후회스러웠다.

연아는 사진을 고를 때도 어떤 게 더 좋은지 동재에게 물었다. 뭐가 나은지 모르겠는 동재는 그냥 연아 마음대로 하면 좋겠다는 생각이 들었다. 둘은 우여곡절 끝에 사진을 골라 뽑았다.

"우리 나중에 이 사진으로 커플 키링 만들까?"

동재가 물었다. 동재에게는 사진이 어떻게 찍혔는지보다 함께 사진을 찍었다는 사실이 중요했고, 기왕 찍은 사진이니 남들에게 보여 주고 싶었다.

"됐어. 잘 나온 사진도 없잖아."

연아가 시큰둥한 얼굴로 말했다. 동재 마음은 연아의 기분에 따라 움직이는 꼭두각시처럼 그 애의 말투, 표정, 동작 하나에도 어두워졌다 밝아졌다 했다.

사진을 나눠 가진 동재와 연아는 버거킹으로 갔다. 점심 먹고 나면 헤어질 걸 생각하니 아쉬웠다. 둘이 함께하는 시간은 너무 빨리 흘러갔다.

연아는 주니어 세트, 동재는 일반 세트로 주문하고 나자 천 원이 남았다. 이제 더는 돈 쓸 일도 없다. 비로소 돈 걱정에서 벗어난 동재는 계획했던 예산이 착착 맞아 뿌듯했다.

"크리스마스 때 선물 뭐 받고 싶어?"

햄버거를 먹으며 동재가 물었다. 사진 찍을 때 바보처럼 굴었던 모습을 지워 버리고 싶었다.

"왜?"

연아가 콜라 컵에 담긴 빨대를 문 채 동재를 바라보았다. 동재는 마주 보기 쑥스러워 슬며시 고개를 숙이며 말했다.

"연극도 하는 특별한 날인데 선물 사 줘야지."

"그때 올 거야?"

연아가 눈을 동그랗게 떴다.

"으, 은재도 공연하니까 가야지. 뭐 갖고 싶은지 말만 해."

"은재 안 나오면 안 오겠네."

연아 질문에 아니라고 강력하게 부인하고 싶었지만 냉큼 대답이 나오지 않았다.

그때 커다란 곰 인형을 안은 고등학생 커플이 옆자리에 앉았다. 연아가 곰 인형을 바라보았다.

"저런 거 갖고 싶어?"

동재가 얼른 물었다.

"몰라. 네가 알아서 줘. 나도 네 선물 준비할게."

"정말? 너도 기대해!"

연아가 웃었다. 그 모습을 보자 동재 마음도 활짝 펴지는 것 같았다.

"방학 때 우리 놀이공원에 가자."

동재는 내친김에 말했다.

"입장료 비싼데……."

연아가 말끝을 흐렸다.

"걱정 마. 내가 자유이용권 살게."

"그럴 수 있어? 그럼 나는 점심이랑 간식 살게. 지금부터 용돈 모아야겠다."

연아 말에 부담이 한결 줄어드는 느낌이었다.

"아이스크림 먹고 싶다."

햄버거를 다 먹은 뒤 연아가 말했다.

메뉴판을 보니 아이스크림이 700원이었다. 그쯤이야 충분히 사 줄 수 있다.

“사 올게. 바닐라? 초코?”

동재가 호기롭게 물으며 일어섰다.

“배스킨라빈스에서 먹자고 한 건데. 내 최애 아이스크림은 민트초코칩이야. 거기로 가자.”

연아도 일어섰다. 동재는 가슴이 덜컥 내려앉았다. 거기 가면 가장 싼 것도 3천 원 이상이다.

“여, 여기 배스킨라빈스 없을 텐데.”

동재는 그러기를 간절히 빌며 말했다.

“4층에 있어.”

이번에도 연아가 앞장서 걸어갔다.

동재는 돈 없다는 소리를 하지 못한 채 아이스크림 가게 앞에 다다랐다.

“어? 언니, 여기서 알바하는 거예요?”

연아가 알바생을 보곤 반가워하며 소리쳤다.

“어머, 연아가 여기 웬일이니?”

“친구랑 놀러 왔어요.”

연아는 알바생에게 대답하고 동재에게도 설명했다.

“작년에 성당 주일학교 샘이었어.”

"남자 친군가 보네."

알바생 누나가 동재를 보고 웃으며 말했지만 천 원밖에 없는 동재는 대답도, 인사도 할 수 없었다. 연아와 누나가 이야기하는 동안 동재는 가격표를 보았다. 가장 작은 게 3천200원이었다. 2천200원이 모자랐다.

연아와 연아가 아는 사람 앞에서 돈 없다는 소리가 나오지 않았다. 이럴 줄 알았으면 좀 싼 버거를 먹는 건데. 아니, 돈을 좀 더 여유 있게 빌려 오는 건데. 아니, 며칠 전에 피시방에만 안 갔어도. 갖가지 일들이 떠올라 가슴을 쳤지만 이미 소용없는 일이었다.

동재는 이 순간 쇼핑몰에 폭파 사건이나 인질 사건이 벌어졌으면 좋겠다고 생각했다. 하지만 아무 일도 일어나지 않은 채 주문하려는 연아가 눈앞에 있을 뿐이었다. 땀이 솟고 머릿속이 하얘졌다.

"동재야, 넌 뭐 먹을 거야?"

연아가 묻는 순간 동재는 화장실 간다고 말하곤 그 자리를 피했다. 그러고는 화장실에서 손을 씻으며 시간을 끌다 나왔다. 가게로 돌아온 동재는 아이스크림을 먹는 연아를 보곤 가슴을 쓸어내렸다. 자신이 자리를 피한 뒤의 상황은 상상조차 하기 싫었다.

"미안해. 화장실이 급해서."

동재가 변명하며 맞은편에 앉았지만 연아는 말없이 아이스크림만 떠먹었다. 동재는 어쨌거나 자기 입으로 돈 없다는 소리를 하지 않아서 다행이라고 생각했다.

동재는 크리스마스 분위기가 물씬 풍기는 쇼핑몰을 빠져나오며 크리스마스 선물로 아이스크림의 굴욕을 털어 버리리라 결심했다.

햇빛 속의 나비

단축 수업을 해서 급식만 먹고 끝났다. 운동장에 겨울 햇살이 환하게 쏟아져 내리고 있었다. 민규가 피시방에 가자고 꼬드겼으나 동재는 단칼에 거절하고 집으로 향했다. 지금쯤이면 집에 아무도 없을 거다. 혼자 마음 편히 연아와 메신저나 통화를 하고 싶었다.

첫 데이트 이후로 연아가 달라졌다. 학교에서 눈이 마주치면 아는 체하더니 이젠 먼저 눈길을 피했다. 동재의 메시지에도 'ㅇㅇ'나 'ㄴㄴ' 같은 성의 없는 답장만 할 뿐이었다. 동재가 그렇게 대답한다고 서운해하던 연아가 변한 거다.

동재는 학원 갈 시간까지 연아와 메신저를 하며 변한 이유를 알아내 오해가 있으면 풀고 싶었다. 곧 엄마가 올 테니 이제는 돈 걱정 없이 연아와 더 가까워질 방법만 연구하면 된다.

예상대로 집에 아무도 없었지만 좀 이상했다. 쿠션이며 못 보던 물건들이 거실 바닥에 흩어져 있었다. 아줌마가 이렇게 어질러 놓고 외출한 적은 지금까지 한 번도 없었다. 방문을 열어 보니 안방과 은재 방은 평소처럼 정리가 잘돼 있었고, 지저분한 동재 방도 아침 그대로였다.

'급하게 나갈 일이 있었나 보네.'

아줌마가 없자 동재는 손도 씻지 않고 가방을 벗어 식탁 위에 놓은 채 냉장고부터 열었다. '은재 거'라는 스티커가 붙은 미니 소시지 통이 있었다. 동재는 콧방귀를 뀌며 소시지를 한 개 꺼내 포장을 벗겼다. 한 입 베어 무는데 도어 락 번호 누르는 소리가 들렸다. 아줌마일 줄 알았는데 은재가 들어왔다. 동재는 입에 든 소시지는 꿀꺽 삼키고 남은 건 얼른 주머니에 넣었다.

"왜 벌써 오냐?"

연아 문제를 상의하면 되겠다 싶어 반가웠다. 그런데 은재가 울고 있었다.

"어? 왜 울어?"

동재의 물음에 은재 울음소리가 커졌다.

"오빠, 어떡해? 나비가 없어졌어."

"겨울에 나비가 어딨……. 뭐? 앞집 고양이?"

은재가 고개를 끄덕였다.

"고양이 없어진 거랑 너랑 무슨 상관인데?"

"오늘 단축 수업 해서…… 집에 아무도 없어서…… 나비를 우리 집에 데려와서 놀았는데…… 택배가 와서 문 연 사이에…… 도망쳐 버렸어. ……나가서 찾아봤는데 어디로 갔는지 모르겠어. 어떡해? ……사고 나면 어떡해!"

동재는 우는 통에 자꾸 끊기는 은재의 이야기를 간신히 참고 들었다.

"할머니한테 말했어?"

"아니, 말하려고 왔는데 못 하겠어."

동재라도 그랬을 거다. 다른 건 몰라도 할머니가 고양이를 얼마나 아끼는지는 안다. 그런 고양이를 잃어버렸으니 큰일이다. 눈물범벅이 된 은재 얼굴을 보니, 왜 남의 고양이는 집에 데려와서 잃어버리고 난리냐는 말이 목구멍으로 되넘어갔다.

"야, 그래도 할머니한테 말해야지. 고양이도 할머니가 부르면 알아듣고 올지 모르잖아."

"그럼 오빠가 대신 좀 말해 줘. 난 나가서 다시 찾아보고 있을게."

언제나 얄미울 만큼 당차던 은재가 잔뜩 주눅 든 모습이 안쓰러웠다. 그리고 오빠 노릇을 하고 싶었다.

"알았어."

'내가 잃어버린 것도 아닌데 죽이기야 하겠어.'

동재는 움츠러드는 마음을 달랬다.

"정은재, 그만 질질 짜고 고양이 유인할 거나 가지고 가 봐. 냉장고에 소시지 있더라."

"고양이한테 사람 음식 주면 안 돼."

그 와중에도 은재는 동재 말에 토를 달았다. 문득 나중에 자신이 먹은 소시지값을 물릴지 모른다는 생각이 들자 은재 대신 할머니에게 말하겠다고 한 게 조금 후회되었다.

"오빠, 도와줘서 정말 고마워. 은혜 꼭 갚을게."

얼마나 많이 울었는지 은재는 딸꾹질까지 하며 말했다. 그 말에 후회가 싹 사라졌다.

"무슨 은혜씩이나. 오빠가 안 도와주면 누가 도와주냐?

할머니한테 잘 말할 테니 걱정 마."

은재가 탄 엘리베이터가 내려간 뒤 동재는 앞집 초인종을 눌렀다.

"은재 오빠구나. 무슨 일이지?"

할머니 목소리를 듣자 동재는 자기가 할 말이 몰고 올 파장에 겁이 더럭 났다.

"저, 저기요."

"은재, 우리 집에 없는데."

"저, 그게요. 고양이가, 나비가 없어졌대요."

동재는 눈을 질끈 감고 말해 버렸다. 거의 동시에 문이 거칠게 열리는 바람에 동재는 뒤로 움찔 물러났다.

"나비가 없어지다니 그게 무슨 소리야?"

할머니가 노려보는 듯한 얼굴로 물었다. 부르르 떨리는 목소리였다. 할머니 뒤로 보이는 집 안은 동 대표 할머니 말대로 환한 대낮인데도 밤처럼 컴컴했다. 은재에게 고양이를 내준 것도 마녀의 덫은 아닐까. 동재는 얼핏 든 생각을 털어 버리며 대답했다.

"택배가 와서 문을 열었는데 그 틈에 도망쳤대요."

목소리가 절로 기어들어 갔다.

"은재는 지금 어딨니?"

할머니 목소리가 높아졌다.

"바, 밖에요. 고양이 찾으러 갔어요."

문을 쾅 닫은 할머니는 올라오고 있는 엘리베이터 호출 버튼을 계속 눌러 댔다. 그 손이 덜덜 떨리는 게 보였다. 만일 고양이를 찾지 못하면 은재를 가만두지 않을 것 같았다. 동재는 자신과 상관없는 이 일에서 빠지고 싶었다. 하지만 엘리베이터 문이 열리자 자기도 모르게 할머니를 따라 탔다. 지켜보다 은재에게 나쁜 일이 생기면 아빠나 아줌마에게 알리기라도 해야 할 것 같았다.

할머니는 엘리베이터 안에서도 주먹을 쥔 채 안절부절못했다. 그러곤 엘리베이터 문과 공동 현관문이 열리기 무섭게 밖으로 돌진했다. 햇살이 아까보다 눈부셨다. 동재는 바로 은재를 찾을 수 있었다. 돌을 쌓아 놓은 조경 시설 근처에서 나비를 부르는 목소리가 들려왔기 때문이다.

할머니를 본 은재는 다시 울음을 터뜨렸다. 잠깐 새 얼굴이 길 잃은 아이처럼 꼬질꼬질해졌다. 은재가 얼마나 걱정하는지, 미안해하는지 저절로 느껴졌다. 할머니가 은재 곁으로 다가가는 걸 보고 동재는 바짝 긴장한 채 쫓아갔다. 아무리 은재가 잘못했어도 심하게 대하면 참지 않을 거야. 동재는 단단히 결심했다.

할머니가 말없이 은재 손에서 고양이 간식을 빼앗아 들고는 나비를 부르기 시작했다. 바닥이 없는 길을 걷듯 할머니의 걸음걸이가 휘청거렸다. 은재와 동재도 나비를 부르며 뒤따라갔다. 고양이 두어 마리가 보였지만 나비는 아니었다.

"이렇게 같이 다닐 게 아니라 흩어져서 찾아보자. 나는 아파트 지하 쪽을 살펴볼 테니 너희는 공원 쪽으로 가 봐. 그쪽으로 데리고 나갔던 적이 있어."

한동안 정신 없이 다니다 할머니가 말했다.

"할머니, 얼굴……."

은재가 말했다. 할머니 얼굴이 울긋불긋 부풀어 오르고 있었다.

"어서! 어서 공원에 가 봐."

할머니가 눈을 부릅떴다. 동재는 얼른 은재 팔을 끌고 아파트 단지 후문 쪽으로 내달렸다.

"은재야, 할머니 얼굴 왜 그런 거야? 완전 이상해."

동재가 가쁜 숨을 몰아쉬며 말했다.

"어떡해. 햇빛 때문에 그런가 봐."

은재가 울먹였다.

"무슨 소리야, 그게?"

공원에 들어선 은재는 대답 대신 여기저기 뛰어다니며 나비를 불렀다. 동재도 주변을 살피며 은재를 따라다녔다. 혹시 햇빛을 받으면 마녀로 변신하는 건가? 고양이를 잃어버린 은재의 운명은 이제 어떻게 되는 거지? 상상이 피어오르려는 순간 누군가 앞을 막아섰다. 할머니가 이름만 듣고도 싫어했던 그 할아버지였다.

"할아버지!"

은재가 또 울기 시작했다. 동재는 누나인 양 늘 잘난 척해대던 은재가 이렇게 울보인 줄은 몰랐다. 그리고 불청객이 분명한 할아버지가 나타나면 할머니가 더 화를 낼까 봐 걱정됐다.

"무슨 일이냐? 왜 울고 있어?"

할아버지가 은재에게 물었다.

"제가 할머니네 고양이를 잃어버렸어요. 그래서 찾으러 다니는 거예요."

은재는 훌쩍거리며 말했다.

"저런……. 혹시 할머니도 나오셨니?"

할아버지 얼굴이 굳어졌다. 은재는 고개를 끄덕였다.

"이 햇빛에 나왔다고? 할머니 지금 어디 계시냐?"

할아버지가 다급한 목소리로 물었다.

"저 따라오세요. 오빠는 여기서 더 찾아보고 있어. 다시 올게."

"야, 나 혼자 어떻게 해!"

은재는 할아버지와 함께 아파트 쪽으로 뛰어갔다. 얼결에 혼자 남은 동재는 어쩔 수 없이 한동안 고양이 이름을 부르며 돌아다녔다. 그러다 문득 연아 마음을 되돌려야 할 귀중한 시간을 허비하고 있음을 깨달았다. 솔직히 동재는 나비가 없어져도 상관없었다. 그리고 앞집에는 나비 말고도 고양이가 세 마리 더 있다.

고양이 찾을 의욕이 사라진 동재는 벤치에 앉았다. 공원에서 시간을 좀 때우다 가서 못 찾았다고 하면 그만이다. 내가 잃어버린 것도 아닌데 뭐. 주머니에 넣어 둔 소시지가 생각나서 꺼내던 동재는 맞은편 벤치 밑에 웅크리고 있는 고양이를 발견했다. 앞집 고양이 나비였다. 동재는 반가우면서도 할머니나 은재가 아닌 자기 눈에 띈 게 원망스러웠다. 고양이가 제 발로 따라올 리는 없고, 유인해서 잡아야 하는데 고양이를 만질 자신이 없었다. 아니, 잡고 싶지 않았다.

동재는 들고 있던 소시지를 떼어 그쪽으로 던져 주었다.

"나비, 너도 자유가 그립지? 이거 먹고 가 버려. 안 잡을 테니까."

나비는 땅에 떨어진 소시지를 얼른 주워 먹었다. 그러곤 벤치 밑에서 나오더니 동재 쪽으로 다가와서 더 달라는 듯 빤히 올려다보았다.

"이제 없으니까 가 봐."

동재가 빈 손바닥을 펴 보이자 고양이가 동재 다리에 몸을 비볐다. 여주 할머니네 문 앞에 쥐를 잡아다 놓았던 고양이가 생각나 소름 끼쳤다. 소시지 줬다고 우리 집 앞에 그렇게 해 놓으면 어쩌지?

'저리 가! 자유를 줄 테니까 가 버리라고!'

동재는 목소리도 나오지 않아 속으로 외쳤다. 하지만 나비는 가기는커녕 동재 옆에 사뿐히 올라앉더니 동그랗게 만 몸을 기대 왔다. 추운 모양이었다. 추운 건 동재도 마찬가지였다. 동재는 겁을 먹은 채 나비에게 조심스레 손을 뻗었다. 손이 닿아도 고양이는 가만히 있었다. 동재는 눈을 질끈 감고 고양이를 안았다. 심장 뛰는 게 느껴졌다. 다른 고양이가 대신할 수 없는 나비의 심장 소리였다. 나비는 동재 품을 파고들며 갸릉거렸다.

동재는 자기 가슴도 함께 뛰는 걸 느끼며 은재 휴대폰 번호를 눌렀다. 그리고 자랑스럽게 외쳤다.

"나비 찾았어!"

서로 다른 시간

동재가 전화했을 때 은재와 할머니는 집에 있었다. 고양이를 찾았다는 말에 은재가 환호성을 질렀다.

"야, 근데 나 얘 못 데려가겠어."

나비를 찾은 건 한없이 뿌듯했지만 집까지 안고 갈 자신이 없었다. 잠시 할머니와 의논한 은재가 말했다.

"할아버지가 이동장 가지고 가실 거야."

할아버지도 앞집에 계신다고? 타이밍을 잘 잡으셨군. 동재 입가에 미소가 번졌다.

암막 커튼을 쳐 캄캄한 거실엔 보조등만 켜져 있었다. 환한 밖에 있다 들어와서인지 더 어둡게 여겨졌고 선뜻 신을 벗고 들어서기가 망설여졌다. 할머니는 흔들의자에 앉아 있었고 은재가 현관 쪽으로 뛰어왔다.

할아버지가 이동장 문을 열기 무섭게 나비는 할머니 무릎 위로 뛰어올랐다. 할머니는 나비를 어루만지며 동재에게 말했다.

"고맙다, 나비를 찾아 줘서."

기운 없는 목소리였고 표정도 어두웠다. 두드러기가 난 것 같은 얼굴도 아까보다 더 심해 보였다.

"나도 고마워, 오빠."

그렇게 말하는 은재도 편한 표정은 아니었다.

"은재 오빠가 오늘 여럿 살렸구나. 정말 큰일 했다."

할아버지가 미소 띤 얼굴로 말해 주지 않았다면 동재는 좋은 일을 하고도 죄지은 느낌이 들었을 거다.

동재는 먼저 집으로 돌아왔다. 세 사람과 함께 있는 것도 어색했고 캣타워 꼭대기에 앉아 먹잇감인 양 동재를 내려다보는 고양이는 물론 언제 어디에서 튀어나올지 모르는, 아직 본 적 없는 고양이들도 무서웠다. 동재가 가겠다고 하면 은재도 따라 나올 줄 알았는데 좀 더 있겠다고 했다.

동재는 은재가 오기만을 기다렸다. 할머니 얼굴은 왜 그런지, 왜 대낮에 캄캄하게 해 놓고 있는지, 그렇게 싫어했던 할아버지랑 어떻게 같이 있는지 궁금한 게 너무 많았다.

드디어 은재가 왔다.

"앞집 할머니 혹시 뱀파이어 아니냐? 왜 그렇게 캄캄하게 해 놓고 살아?"

동재는 은재를 보자마자 물었다. 은재는 정수기에서 물부터 한 컵 뽑아 벌컥벌컥 마셨다. 그러곤 식탁 의자에 털썩 앉으며 말했다.

"햇빛 알레르기 때문에 그런 거야."

"햇빛 알레르기? 그런 것도 있어?"

동재도 맞은편에 앉았다. 그동안 꽃가루 알레르기, 동물털 알레르기, 달걀 알레르기, 견과류 알레르기 같은 건 들어봤어도 햇빛 알레르기는 처음이었다. 그리고 다른 알레르기들은 문제 되는 것을 피하면 괜찮지만 사람이 어떻게 햇빛을 피해 살 수 있는지 이해되지 않았다.

"나도 할머니 때문에 알게 됐는데 햇빛 알레르기는 자외선 때문에 생기는 거래. 햇빛을 쏘이면 피부에 막 뭐 나고, 가렵고, 아프고, 아주 고통스럽대. 할머니는 그중에서도 심한 편이야. 오빠도 할머니 얼굴 봤지? 햇빛을 보면 안 되는 병이라니 너무 안타깝고 슬퍼."

은재 얼굴에 그 마음이 고스란히 드러났다.

전에 보았던 할머니의 옷차림이 떠올랐다. 챙 넓은 모자, 치렁치렁한 옷, 얼굴을 가린 스카프, 장갑, 선글라스. 이제 보니 햇빛을 피해 온몸을 꽁꽁 싸매고 있던 거다. 낮에 암막 커튼을 친 이유도 마찬가지였다. 동재는 제대로 알지도 못하면서 할머니를 마녀니, 뱀파이어니 했던 게 슬그머니 미안해졌다.

"근데 할아버지랑 할머니는 무슨 사이야? 그때는 이름만 듣고도 싫어하고, 할아버지가 준 물건도 생까더니 오늘은 어떻게 같이 있는 거야?"

"있지, 오빠. 할머니랑 할아버지랑 서로 첫사랑이다. 약혼까지 하셨던 사이야."

은재 얼굴에 흐뭇한 미소가 번졌다.

"할아버지 할머니가 웬 첫사랑? 말이 되는 소리를 해라."

동재가 어이없어했다. 머리가 하얗고, 주름투성이 노인들의 첫사랑이라니. 상상이 안 갔다.

"왜 말이 안 돼? 할머니랑 할아버지도 젊었을 때가 있었다고."

"그래, 그렇다고 치고 약혼만 하고 결혼은 안 한 거야?"

"응, 할머니 햇빛 알레르기 때문에 어쩔 수 없이 헤어지셨대. 옛날에는 그런 병이 있는 줄도 몰라서 저주 걸린 병인 줄 알았대."

"그럼 할머니가 병에 걸렸다고 할아버지가 배신을 때린 거네."

사랑하는 여자가 병에 걸렸다고 배신을 하다니. 그랬으면 깨끗하게 잊을 일이지 뒤늦게 따라다닐 건 뭐람. 동재는 연아에게 어떤 일이 생겨도 (햇빛 알레르기만 아니라면) 절대로 배신하지 않을 자신이 있었다.

"오빠도 할머니 얼굴에 막 뭐 나는 거 봤지? 더 심하면 몸까지 번진대. 그래서 저주 걸린 병이라고까지 생각했던 거고. 그런 사람을 며느리로 삼을 수 없다고 할아버지네 부모님이 강제로 파혼시키신 거야."

할아버지는 부모님의 강요로 다른 사람과 결혼했지만 한 번도 할머니를 잊은 적이 없었고, 할머니는 할아버지에게 받은 상처와 원인 모를 병 때문에 평생 혼자 살았다. 혼자는 아니지. 고양이들과 살잖아. 동재는 속으로 말했다.

5년 전 아내가 세상을 떠난 뒤 할아버지는 용서를 구하기 위해 할머니를 찾았다. 할아버지는 할머니의 사촌 오빠와 친구라서 소식을 듣고 있었다. 하지만 할머니는 할아버지를 만나 주지 않았고, 전화나 편지도 거절했다. 할아버지는 먼발치에서 할머니를 지켜보며 지내 왔다.

"영화 같아. 그치?"

할머니와 할아버지의 사연을 들려준 은재가 동재에게 동조를 구했다.

"영화 같기는. 그 할아버지, 스토커잖아."

은재가 펄쩍 뛰었다.

"스토커는 상대방이 싫다는데도 쫓아다니면서 괴롭히는 사람이고. 할머니는 할아버지를 싫어하시지 않아. 할머니가 할아버지랑 삶의 시간대가 다르다고 했던 거 생각나?"

처음 앞집에 갔을 때 그런 말을 들은 것 같기도 했다. 그때는 흘려들었는데 무슨 뜻인지 이젠 알 것 같았다. 할머니는 보통 사람들과 달리 낮과 밤이 바뀐 삶을 살고 있다. 낮엔 햇빛을 꽁꽁 차단한 채 밤처럼 살고, 해가 지고 밤이 오면 그제야 커튼을 젖히고, 낮처럼 살았다. 문득 고양이가 야행성이라는 사실이 떠올랐다. 할머니는 사람이 아니라 고양이와 삶의 시간대가 맞는 거다. 안된 생각이 들었다.

"할머니는 아직도 약혼 사진을 간직하고 계셔. 할아버지를 또다시 힘들게 하고 싶지 않아서 피하셨던 거야. 좋아하기 때문에 진심을 감추고 있는 거라고."

"그럼 이제 할머니가 할아버지를 받아 준 거야?"

"아까 할머니 얼굴에 뭐 나고, 막 쓰러지실 뻔했는데 할아버지가 도와줘서 집에 무사히 오셨어. 상태 더 심해지면 병원 모시고 가야 하니까 옆에 좀 더 계신댔어. 그러고 보면 나비 잃어버린 것도 무슨 운명 같지 않아? 두 분 정말 잘되셨으면 좋겠다."

은재가 두 손을 모아 쥐고 말했다.

"근데 넌 어떻게 이런 이야기를 다 아냐? 그것보다 할아버지는 어떻게 알았고?"

동재는 정말 궁금했다.

"그동안 고양이랑 놀러 갔을 때마다 할머니가 조금씩 이야기해 주셨어. 할아버지를 알게 된 건 그 전이고. 내가 전에 앞집에 들어가도 좋다고 허락받았다고 했었지? 바로 그 할아버지한테 허락받은 거였어."

"어떻게?"

엄마 친구 집에 보내고 온 고양이의 사고 소식을 들은 날이라고 했다. 사라가 밖으로 도망쳤다가 차에 치여 죽은 걸 안 은재는 마음 놓고 펑펑 울 곳이 필요했다. 집에서는 아빠와 동재 때문에 그러기가 어려웠다. 집을 나왔지만 갈 곳이 없던 은재는 앞집 문의 손잡이를 돌렸다. 열릴 거라고 기대한 건 아니었다. 그저 아무도 없는 빈집에서 실컷 울고 싶다는 간절한 생각뿐이었다. 그런데 문이 열렸다.

동재는 앞집에 처음 들어갔던 날을 떠올렸다. 동재도 그때 그랬다. 어디론가 숨고 싶은 마음이 간절했을 때 앞집 문이 열렸다.

"그런데 어떤 할아버지가 거실 벽에 기대앉아서 울고 계시는 거야."

동재는 할아버지가 우는 모습이 잘 그려지지 않았다.

"나도 할아버지 옆에 앉아서 같이 울었어."

노인과 아이가 나란히 앉아서 우는 모습은 더 상상이 되지 않았다. 아니, 상상이 갔다. 웃긴 광경이었다. 그런데 왠지 모르게 코끝이 찡해지는 모습이었다.

"그때 할아버지가 할머니와의 이야기를 해 주셨어."

아이한테 그런 이야기를 한 걸 보면 할아버지도 속을 털어놓을 사람이 어지간히 없었던 모양이다. 아니면 은재한테 사람 마음을 열게 하는 무슨 힘이 있는 걸까.

"나도 내 이야기를 했고. 할아버지가 그때 말씀하셨어."

은재가 할아버지가 한 말을 전했다.

"내가 아는 정임 씨라면 집이 비어 있는 동안 사용해도 된다고 허락했을 거야."

"근데 그 이야기 왜 안 했어?"

은재는 거짓말이라는 오해를 받으면서도 말하지 않았다.

"했으면 오빠가 믿었겠어? 할머니한테 직접 허락받은 건 아니니까 찔리기도 했고."

그 말은 맞는다. 처음 만난 할아버지와 아이가 나란히 앉아서 울었다는 이야기를, 그리고 주인도 아닌 사람에게 집 사용을 허락받았다는 말을 어떻게 믿을 수 있을까. 동재는 물론 경비 아저씨, 아빠와 아줌마도 믿지 않았을 거다.

"그래도 앞으론 절대 낯선 사람 있는 데 혼자 가고 하면 안 된다."

동재가 오빠답게 일렀다. 은재는 웃으며 순순히 알았다고 했다.

"그런데 넌 고양이 왜 안 데려왔어? 데리고 왔으면 안 죽었을지도 모르잖아."

진심이었다. 은재가 긴 한숨을 내쉬고는 말했다.

"오빠가 고양이 진짜 무서워한다고, 아빠가 그거 하나만 양해해 달라고 했대. 그래서 엄마 친구네 집에 보내고 왔어. 엄마가 혜주 아줌마네 집에 자주 데려가 준다고 했는데 한 번도 못 가 보고 그렇게 됐어."

은재 얼굴에 슬픈 기색이 드리웠다. 동재는 그 고양이가 자기 때문에 죽은 것 같아 미안했지만 새삼스레 사과하기는 멋쩍었다. 은재가 슬픈 표정을 거두며 동재에게 말했다.

"오빠, 오늘 나비 찾아 줘서 진짜 진짜 고마워. 나비도 사라처럼 사고당할까 봐 얼마나 무서웠는지 몰라."

동재는 할 말을 찾지 못하다 겨우 입을 뗐다.

"이제 앞집 할머니, 그 할아버지랑 다시 사귀는 거야?"

"제발 그렇게 되면 좋겠어. 아까 할아버지가 할머니 돌보는 모습 봤으면 오빠도 감동받았을 거야. 할머니도 할아버지가 옆에 계시니까 좋은 눈치셨어."

동재도 그렇게 되길 빌었다. 그러면 은재도 고양이를 보러 덜 갈 거다. 은재가 필요할 때마다 앞집에 가 있는 경우가 많았다. 동재는 궁금했던 또 한 가지를 물었다.

"그때 할아버지 대신 전해 주려고 했던 건 뭐야?"

"시계야. 할아버지가 할머니 생일 선물로 샀던 건데 파혼하는 바람에 못 주셨대. 멈췄던 두 분의 시간을 다시 가게 하자는 의미로 주시려던 건데 할머니가 만나 주지도 않고, 전화도 안 받고, 편지도 되돌려 보내고 하니까 나한테 부탁하셨던 거야. 얼마 전에 다시 갖다 드렸는데 그땐 받으셨어."

"근데 그 시계 몇십 년 된 거 아냐? 그런 골동품을 선물하다니 할아버지가 뭘 너무 모르시네. 앞으로 내가 코치 좀 해야겠는걸."

동재의 큰소리에 은재는 혀를 차며 고개를 저었다.

세뇨르, 마마

엄마가 왔다. 동재는 엄마가 한국에 도착하는 그날 바로 만나기로 했다. 아빠는 학원도 빼 주고 약속 장소인 지영 이모네 가게로 동재를 데려다주었다. 한정식 식당을 하는 지영 이모는 엄마, 아빠 둘 다 친구 사이였지만 아빠는 동재만 내려 주고 그냥 돌아갔다.

엄마는 지영 이모에게 인사할 틈도 주지 않고 동재를 끌어안았다. 숨이 막히게 안았다가 떼어내선 얼굴을 감싸 쥐고 뽀뽀를 해 댔다. 지영 이모가 웃는 걸 본 동재는 엄마를 슬그머니 밀어냈다.

이모를 따라 식당에서 가장 안쪽에 있는 방으로 들어갔

다. 이모는 1년 반 만에 한국에 온 엄마를 위해 한 상 가득 차려 놓았다. 동재가 날마다 먹는 나물, 전, 생선, 된장찌개 같은 것들이었다. 동재는 불고기가 가장 맛있었다.

엄마는 밥을 먹으면서 쉴 새 없이 질문을 했다. 주로 은재네와 잘 지내는지에 관한 것이었다. 은재와 아줌마 흉을 볼 게 많을 줄 알았는데 딱히 떠오르지 않았다.

"은재는 나보다 한 살 어린 게 맨날 누나처럼 굴고, 아줌마는 집안일을 해야 용돈을 줘. 진짜 짜증 나."

그런데 엄마가 동재 말에 맞장구치는 대신 은재와 아줌마 편을 들었다.

"애가 어른스러운가 보다. 네가 책잡히지 않게 오빠 노릇 잘해. 그리고 집안일 시키고 용돈 주는 거 진짜 잘하는 거야. 엄마가 너 키우면서 가장 후회되는 게 뭔 줄 알아? 너한테 제대로 된 경제 관념을 심어 주지 못한 거야. 이제 돈 귀한 줄 알 테니 다행이다."

동재는 엄마가 용돈을 안 준다고 할까 봐 걱정됐다. 연아에게 줄 크리스마스 선물 살 돈도 필요하고 민규와 은재에게 빌린 돈도 10만 원이 넘었다. 결코 적은 액수가 아니라는 사실을 새삼스레 깨달았다. 동재는 밥 먹는 내내 기회를 엿

보았다. 다행히 엄마가 먼저 크리스마스 선물 이야기를 꺼냈다.

“아무리 그래도 우리 아들 크리스마스 선물은 사 줘야지. 뭐 갖고 싶은 거 있어?”

동재는 이때다 싶어 얼른 곰 인형을 말했다.

“뭐? 곰 인형? 그동안 아들 취향이 바뀐 거야?”

“내 거 아니고 여친 줄 거야. 엄마, 나 여친 생겼다.”

드디어 연아 이야기를 꺼냈다.

“정말? 와, 아들 축하한다! 언제부터 사귄 거야? 이름이 뭐야? 어떤 애야? 착해? 예뻐? 공부는 잘해?”

동재가 연아에 대한 설명과 함께 지갑에 가지고 다니는 사진을 보여 주었다. 엄마는 사진을 자세히 들여다보았다.

“원래는 훨씬 더 예쁜데 사진이 잘 안 나왔어.”

“우리 아들 눈에 콩깍지가 단단히 씌었네. 귀엽게 생겼다. 근데 둘이 만나면 무슨 이야기 해? 뭐 하면서 노는지 얼른 말해 봐.”

엄마가 웃으며 채근했다.

동재는 뿌듯한 마음으로 입을 열었다. 엄마에게 시시콜콜 말하는 게 부끄러우면서도 좋았다. 연아가 얼마나 예쁜지,

얼마큼 좋아하는지, 연아와 함께 있는 시간이 얼마나 행복한지 이야기했지만 백분의 일도 표현하지 못한 것 같았다.

“크리스마스 선물로 감동 주고 싶으니까 엄마 용돈 좀.”

동재가 헤헤 웃으며 두 손을 내밀었다.

“오케이. 첫사랑을 축하하는 의미로 엄마가 사 줄게.”

엄마가 시원스레 대답했다. 동재는 이때다 싶어 프러포즈와 데이트 때문에 진 빚 이야기를 했다. 민규의 빚 독촉이 슬슬 시작되는 중이었다.

“뭐? 돈을 빌려서까지 했다고?”

엄마가 놀란 얼굴로 동재를 보았다.

“그럼 어떡해. 아빠랑 아줌마가 용돈을 안 주는걸. 치사하게 할머니랑 고모한테도 용돈 주지 말라고 해 놓고.”

동재가 투덜거렸다. 엄마 얼굴에서 웃음기가 사라졌다.

“정동재. 초등학생이 무슨 데이트 비용을 그렇게 많이 써? 너희들 나이에 맞게 써야지. 그리고 둘 다 용돈 타서 쓰는 처진데 한쪽이 치우치게 많이 쓰는 건 아니지.”

목소리도 진지해졌다.

동재는 아이스크림 굴욕 사건이 떠올랐다. 언제 생각해도 얼굴이 화끈거리는 기억이었다.

"그래도 여친한테 돈 똑같이 내자는 말을 어떻게 해? 쪽팔리게."

동재가 볼멘소리로 말했다.

"맞아. 그런 말 하기 쉬운 건 아니야. 나중에 어른이 돼서 연애할 때도 마찬가지일 거야. 하지만 여자도 자기 남친이 빚내서 데이트 비용을 댄다는 걸 알면 좋아하지 않을걸."

"어쩌라고."

연아가 먼저 그러자고 하면 몰라도 동재는 절대로 말하지 못할 것 같았다.

"어떤 만남이든 한쪽이 희생하는 만남은 건강한 게 아니야. 오래 가지도 못하고. 너 계속 데이트 비용 감당할 수 있을 것 같아? 그게 어려워지면 연아 만나는 게 부담스러워지고, 그럼 연아도 네가 변했다고 생각할 거고, 그러다 결국 헤어지는 거야."

동재는 엄마 말이 귀에 잘 들어오지 않았다. 그저 엄마가 곰 인형도 사 주지 않겠다고 하면 어쩌나 걱정스러울 뿐이었다. 다행히 엄마는 연아에게 줄 곰 인형은 물론 은재 것까지 사 주었다. 그리고 빚 갚을 돈도 주었다.

"대신 네 크리스마스 선물은 없어. 이런 돈 주는 것도 마지막이고."

오래간만에 만났으니 뭐든지 오냐오냐하고 들어줄 줄 알았는데 엄마는 전보다 더 엄하고 짜게 굴었다. 동재는 선물 같은 건 받지 않아도 좋았으나 연아에게 놀이공원에 가자고 큰소리친 게 떠올랐다. 방학하면 여주 할머니 집에 가서 엄마와 며칠 지내기로 했으니 그때 용돈을 받으면 된다. 엄마 본가 식구들이 중학교 입학을 앞둔 동재에게 용돈을 안 줄 리 없다. 엄마가 말리면 몰래라도 줄 거다. 엄마가 했던 충고는 일단 놀이공원에 다녀온 다음 데이트부터 생각해 보기로 했다.

동재는 곰 인형을 양팔에 끼고 집에 들어갔다.

"이거, 우리 엄마가 네 크리스마스 선물로 사 준 거야."

은재는 곰 인형을 끌어안고 좋아 어쩔 줄 몰라 했다. 갚을 돈에서 인형값을 빼고 싶기도 했지만 은재가 좋아하는 걸 보곤 그 생각을 지웠다. 연아도 저렇게 좋아하겠지!

"엄마한테 고맙다고 전해 드려라. 그런데 동재 너도 곰 인형 받은 거야?"

아줌마가 물었다. 동재가 망설이는 사이, "연아 언니 거지?" 하고 은재가 묻는 바람에 여자 친구가 있다는 게 알려져 버렸다. 연아도 은재와 함께 연극에 출연한다는 사실을 안 아줌마가 말했다.

"어머, 어떤 앤지 궁금하다. 그럼 동재 여친 줄 꽃다발도 사야겠네."

동재는 아줌마가 여자 친구에게 관심 가져 주는 게 싫지 않았다. 그리고 엄마가 사 준 곰 인형과 아줌마가 사 줄 꽃다발로 크리스마스 선물 준비도 끝났다.

마음이 한껏 부풀어 연아에게 메시지를 보냈지만 답이 없고, 읽지도 않았다. 동재는 은재 방으로 갔다. 은재는 곰 인형을 끌어안은 채 책을 보고 있었다.

"정은재, 연아 오늘 밤에 뭐 한댔냐? 메시지도 안 보네."

동재가 물었다.

"모르겠는데. 아까 연극 연습 하면서도 틈날 때마다 톡 하던데. 오빠랑 한 거 아니었어?"

은재 대답에 정체를 알 수 없는 서늘함이 가슴을 스치고 지나갔다. 동재는 얼른 아무렇지 않은 척했다.

"엄마 만나느라고 바빠서 연아가 메시지 보냈어도 대답 못 했을 거야. 근데 넌 연아랑 별별 얘기 다 하면서 누구랑 톡 하는지 몰라?"

"그걸 어떻게 알아? 그리고 오빠랑 사귄 다음부터는 오히려 더 얘기 안 해. 내가 오빠 동생이니까 얘기하기 불편한 모양이야. 하나를 얻으면 하나를 잃는다는 말이 맞나 봐."

은재는 다시 책으로 시선을 돌렸다.

하나를 얻으면 하나를 잃는다고? 오늘 엄마를 만나 행복한 시간을 가진 대신 무엇을 잃게 될까.

연극이 끝난 뒤

종업식을 했다. 학교에 있는 동안 연아와 눈 한 번 못 마주쳤지만 동재는 둥둥 뜬 기분으로 지냈다. 연아가 둘이 사귀는 걸 비밀로 하자던 마지막 날이다. 오늘 밤 연극이 끝나면 연아에게 선물과 꽃을 줘야지. 그리고 함께 찍은 사진을 프사로 하는 순간 공개 커플이 되는 거다. 방학을 했으니 아이들에게 주목받거나 이 말 저 말 들을 일도 없다. 예비 중학 반도 연아가 다니는 학원으로 끊어서 날마다 만나야지. 그리고 같은 중학교로 배정받으면…… 히힛. 동재는 집에 와서도 달콤한 꿈에 빠진 채 성당 갈 시간만을 기다렸다.

은재는 학교에서 오자마자 마지막 총연습을 하러 성당에

갔고 동재는 아빠, 아줌마와 함께 성탄제 시작 시간에 맞춰 가기로 했다. 게임을 하면서도 자꾸 시계만 보게 됐다.

꽃다발을 사 온 아줌마가 동재에게 연아 줄 꽃을 고르라고 했다. 동재는 보라색과 흰색이 섞인 꽃다발이 더 예뻐 보여서 그걸 집었다.

성당에 갈 시간이 다가오자 동재는 옷을 갈아입었다. 새 옷이 마음에 들었다. 아줌마가 사 준 게 아니었으면 집에 오자마자 입고 있었을 거다. 화장실에 가려고 나가자 아줌마가 동재 모습을 살피더니 가까이 오라고 했다. 그러곤 왁스를 발라 동재 머리를 이렇게 저렇게 매만져 주었다. 아줌마 손길이 몸에 닿는 건 처음이라 어색했지만 엄마랑 별로 다르지 않았다.

"거울 봐."

동재는 거실에 놓인 키 큰 거울을 보았다. 연아 남자 친구로 손색없어 보이는 모습이 비쳤다. 동재를 흐뭇하게 바라보고 있는 아줌마도 함께.

아빠한테서 아래에 와 있다고 연락이 왔다. 동재는 곰 인형과 꽃다발을 들고 아줌마보다 먼저 집을 나섰다. 13층에 도착한 엘리베이터에는 동재처럼 꽃다발과 케이크를 든 할아버지가 타고 있었다. 동재는 꾸벅 인사를 했다. 할아버지가 웃는 얼굴로 인사를 받아 주었다.

엘리베이터 문이 닫힐 때 보니 할아버지는 초인종을 누르기 전 케이크 상자를 바닥에 내려놓고 머리를 매만지고 옷차림도 점검했다. 사랑에 빠진 모습은 열세 살이나 일흔세 살이나 같았다. 크리스마스 선물은 제대로 고르셨나? 자신은 방찬혁이라는 벽을 거뜬하게 넘어섰는데 할아버지는 햇빛이라는 장애물을 어떻게 넘을지 궁금했다. 그것도 좀 코치를 해 드려야 하나.

동재네 가족을 태운 차가 성당으로 출발했다. 은재 없이 셋이서만 탄 건 처음이었다. 라디오에서 캐럴이 흘러나오자 아줌마가 따라 불렀다. 아빠도 함께 흥얼거렸다. 설레고 행복한 크리스마스 분위기가 차 안에 가득했다.

동재는 거리를 보았다. 빵집 앞에는 케이크 상자가 쌓여 있고 가게마다 크리스마스 장식이 화려했다. 꼬마전구 옷을 입고 불꽃 나무가 된 가로수 아래로 선물 꾸러미를 든 연인들이 환히 웃으며 걸어가고 있었다. 동재는 산타 할아버지가 진짜 있는 줄 알았던 어린 시절로 돌아간 느낌이었다.

산타가 없다는 걸 알게 된 다음부터 크리스마스는 그저 선물 하나를 더 챙길 수 있는 날에 불과했다. 그런데 연아와 공개 커플이 되는 오늘은 거리의 모든 풍경이 둘을 축복하기 위해 준비된 것처럼 보였다. 환하고 아름다운 성당에도 행복한 기운이 넘쳐흐르고 있었다.

성탄제가 열리는 장소로 들어서자 먼저 와서 좋은 자리를 맡아 놓은 민규가 손을 흔들었다. 민규는 아줌마와 아빠에게 공손히 인사했다.

"네가 민규구나. 반가워."

아줌마가 말했다. 민규는 평소 촐랑거리던 모습은 간데없이 의젓하게 굴었다. 동재는 혹시라도 연아네 부모님을 만나면 민규보다 더 예의 바르게 인사해야겠다고 마음먹었다. 그분들이 어디 계실지 몰라 행동 하나하나가 조심스러웠다.

성탄제 첫 순서는 성가대의 합창이었다. 피아노 앞에 앉은 은재는 지휘자의 지시에 맞춰 연주했다. 동재는 성가대 노래보다 피아노 치는 은재 모습이 더 눈에 들어왔다. 실수라도 하면 어쩌나 조마조마하면서도 자랑스러웠다. 은재는 침착하게 반주를 잘 끝냈다.

"우리 은재 최고!"

공연이 끝난 뒤 아빠가 외쳤다. 아줌마와 동재는 물론 민규도 괴상한 소리를 지르며 박수를 쳤다. 은재가 무대 뒤로 가기 전 동재네 쪽을 보고 브이를 했다.

동재는 뒤에서 두 번째 순서인 연극만을 기다렸다. 연아는 동방박사 2를, 은재는 나팔 든 아기 천사 역을 맡았다.

"아빠, 쟤가 연아야!"

드디어 연아가 무대 위에 등장했다. 동재는 아빠에게 알려 주곤 자세를 고쳐 앉았다.

"저 왼쪽에 있는 애가 연아래요."

아빠가 아줌마에게 말했다. 연극에 은재도 나왔지만 동재 눈에는 오로지 연아만 보였다. 무대 위에서 혼자 빛나는 연아가 가슴을 가득 채웠다.

동방박사들이 퇴장하자 연극에 흥미를 잃은 동재는 성당 안을 둘러보았다. 왼쪽엔 '절친' 민규가 은재에게 줄 장미꽃 한 송이를 들고 앉아 있었고, 오른쪽엔 아빠와 아줌마가 신혼부부답게 손을 잡은 채 앉아 있었다. 엄마도 오랜만에 만난 가족과 행복한 시간을 보내는 중이다. 크리스마스이브의 마지막 주인공은 연아와 동재 자신이다. 둘 앞에는 완벽한 해피엔딩만이 기다리고 있다.

드디어 연극이 끝났다. 사회자가 관객들에게 꽃을 전달하고 사진 찍는 시간을 주었다. 곰 인형과 꽃다발을 안은 채 앞으로 나갈 준비를 마친 동재는 아빠에게 말했다.

"아빠, 나랑 연아랑 잘 나오게 찍어 줘."

이번에는 연아 마음에 꼭 드는 사진을 찍고 싶었다. 마지막으로 옷차림을 점검하는데 민규가 옷자락을 잡아당겼다. 민규의 눈길을 따라 무대를 본 동재는 그대로 굳었다.

찬혁이 무대 위에 있었다. 영화제 시상식장이라도 되는 것처럼 양복을 차려입은 찬혁이 동재 것과는 비교도 안 되게 큰 꽃바구니를 연아에게 건네고 있었다. 연극에 출연한 아이들이 받은 꽃 중에서 가장 크고 화려했다. 연아 얼굴은 연극을 할 때보다 더 빛나 보였다.

연아 옆에 있어야 할 동재는 멍하니 그 광경을 바라보았다. 찬혁이 아역 배우임을 뒤늦게 알아본 사람들이 술렁대며 사진을 찍었다. 민규는 은재에게 꽃을 주러 가는 대신 동재 어깨에 팔을 둘렀다. 아줌마도 당황한 눈길로 동재 눈치를 살폈다. 아빠가 무슨 말을 하려는 순간 동재는 성당을 뛰쳐나왔다. 곰 인형도, 꽃다발도 의자에 버려둔 채였다.

성당 정원은 들어갈 때와 똑같이 환했지만 동재는 캄캄한

나락으로 추락한 것 같았다. 동재는 연아와 찬혁에게서 멀어지기 위해 달렸다. 통째로 들어낸 듯한 가슴의 빈자리가 견딜 수 없게 아프고 쓰라렸다. 어디서부터 어떻게 잘못된 건지 알 수 없었다. 아무런 예고도 없이 결정적인 순간에 배신한 연아에게 어떤 감정을 가져야 하는지 혼란스러웠다.

아니야, 뭔가 잘못된 거야. 찬혁이 자식이 약속도 없이 제멋대로 나타난 건데 내가 그냥 도망친 거야. 진정한 남자 친구라면 그럴 때 마음을 확실히 보여 줘야 하는 건데. 연아는 지금 내가 곤경에서 구해 주기를 기다리고 있을지도 몰라. 맞아, 그럴 거야!

다시 가슴 가득 연아가 들어찼고 거리의 가로수가 동재와 연아를 위해 반짝이기 시작했다. 돌아가서 찬혁이 비집고 들어온 내 자리를 되찾아야 해. 찬혁이 현실을 인정하게 만들어 줘야 한다고. 아무것도 시도해 보지 않고 도망친 걸 자책하며 성당 쪽으로 돌아서는데 아빠 차가 동재 앞에 멈춰 섰다.

"타!"

아빠가 인도 쪽 차창을 열고 소리쳤다. 그 순간 동재는 성당으로 돌아가 봤자 할 일이 없음을 깨달았다. 당장 할 수 있는 일은 가족을 피해 달아나는 것뿐이었다. 가족들 보기가 너무 창피했다. 동재는 다시 돌아서서 뛰기 시작했다. 숨이 차서 더는 뛸 수 없게 돼서야 멈춰 섰다.

"타라니까!"

뒤따라온 아빠가 다시 소리쳤다.

숨을 몰아쉬며 곁눈질로 보니 차 안에는 아빠 혼자였다. 그런 줄 알았으면 진작 탈걸. 동재는 보조석에 올라탔다. 뒷자리에 곰 인형과 꽃다발이 있었다.

"전화는 왜 안 받아?"

동재는 외투 주머니에서 휴대폰을 꺼냈다. 무음으로 해 놓아 전화가 오는 것도 몰랐다. 부재중 전화와 메시지가 여러 개 와 있었다. 혹시 연아한테서 온 건가 싶어 허겁지겁 확인했지만 민규와 아빠가 번갈아 한 거였다. 아, 연아도 있었다. 어디 갔느냐고 찾는 걸 거야. 내가 너무 경솔했어. 동재는 떨리는 손으로 그 메시지를 열었다.

- 우리 그만 만나자. 아무래도 우리는 안 맞는 것 같아. 미리 말하지 못해서 미안해. 그동안 고마웠어. 잘 지내

글자 하나하나가 불화살이 돼 심장에 박혔다. 다른 추측

을 해 볼 여지조차 없이 분명한 이별 통보였다. 메시지가 온 시간은 오후 6시였다. 설레는 마음으로 성당 갈 준비를 하고 있던 때다. 준비하는 데 정신이 팔려서 메시지가 온 줄도 몰랐다. 그때 봤더라면 성당까지 가서 망신당하는 바보짓은 하지 않았을 텐데. 불화살 박힌 심장이 타는 것 같았다.

그때 또 메시지가 왔다. 이번에는 엄마였다.

- 메리 크리스마스! 우리 아들 즐거운 시간 보내고 있지? 사랑해!!♡♡♡

울컥 눈물이 솟구쳤다. 동재는 아빠에게 우는 모습을 보이고 싶지 않아 어금니를 꽉 깨물었다.

해피엔딩

“거기 휴지 있으니까 실컷 울어.”

아빠가 말했다. 여자애한테 퇴짜나 맞고 다닌다고, 그리고 그깟 것 때문에 운다고 핀잔할 줄 알았는데 뜻밖이었다. 아빠 말이 눈물샘을 터 버리기라도 한 듯 동재 눈에서 눈물이 쏟아지기 시작했다. 아빠는 한갓진 도롯가에 차를 세운 채 말없이 앉아 있었다. 얼마를 울고 난 뒤 동재가 말했다.

“난 알아서 집에 갈 테니까 은재네한테 가 봐. 나중에 나 때문에 크리스마스이브 망쳤다고 뭐라 하지 말고.”

슬픔과 고통을 바닥까지 체험한 사람이 가질 수 있는 무기력함과 관대함으로 동재가 말했다.

"은재 엄마가 너한테 가 보라고 해서 온 거니까 걱정 마. 엄마하고 은재는 자정 미사까지 본다니까 그 시간에 맞춰서 데리러 가면 돼. 나는 네 덕분에 뭔지도 모르는 미사 안 봐도 돼서 좋다. 그리고 언제 또 아들이랑 단둘이 크리스마스 이브를 보내겠나. 우리 뭐 할까? 같이 피시방 갈까?"

아빠와 단둘이 있게 된 게 싫지 않았다. 동재는 아빠에게 마음속 이야기를 하고 싶어졌다.

"아빠, 난 찬혁이보다 훨씬 먼저 연아를 좋아했어. 찬혁이보다 더 진심으로 연아를 좋아했고. 연아도 그걸 알고 나한테 감동 먹었다고. 그런데 왜 연아 마음이 갑자기 변한 건지 모르겠어."

동재는 다시 슬프고 억울해졌다.

"그렇게 움직이고 변하는 게 사람 마음이고 사랑인 거야. 넌 이제 그걸 배우기 시작한 거고."

아빠 말에 앞집 할머니 생각이 났다. 앞집 할머니는 일흔 살이 넘도록 첫사랑이 마지막 사랑인 채 살아왔다. 동재는 평생 혼자 살아온 할머니의 사랑이 진정한 사랑 같았다.

"그게 무슨 사랑이야. 어떤 상황에서도 영원히 변하지 않는 게 진짜 사랑이지."

하지만 동재는 말을 다 끝내기도 전에, 한 번 배신했다 다시 그 사랑을 찾으려고 애쓰는 할아버지의 사랑도 가짜는 아니라는 생각이 들었다. 이미 헤어진 엄마와 아빠의 사랑도 마찬가지다. 헤어졌다고 해서 엄마와 아빠가 사랑했던 걸 의심하고 싶진 않았다. 그것처럼 연아가 변했다고 해서 그동안 보여 주었던 감정들이 모두 거짓이었다고 생각하기 싫었다.

"글쎄다. 영원히 변치 않는 사랑은 소설이나 영화 속에나 있지 않을까 싶다. 네 엄마랑 헤어지고 나서 아빠가 깨달은 게 있는데 사랑은 자전거 타기랑 같다는 거야."

"자전거 타기?"

동재는 뜬금없는 말에 아빠를 쳐다보았다.

"그래, 자전거 탈 때 계속 페달을 밟지 않으면 넘어지잖아. 사랑을 제대로 유지하려면 끊임없이 페달을 밟는 노력을 해야 한다는 거지."

한쪽이 희생하는 만남은 건강한 게 아니고 그런 만남은 오래 가지 못한다는 엄마 말과 비슷한 내용 같았다. 햇빛을 보면 안 되는 할머니와 햇빛을 보지 않으면 안 되는 할아버지의 사랑이 깨졌던 것처럼. 그분들이 다시 사랑을 시작하고 유지하려면 얼마나 노력해야 할까. 문득 아직도 동재를 서운하게 만들곤 하는 아빠의 달라진 모습들이 떠올랐다.

"그럼 아빠도 아줌마랑 결혼한 다음에 열심히 페달을 밟고 있는 거야?"

아줌마와 결혼해서 마냥 좋아하며 사는 줄만 알았던 아빠가 실은 자전거 위에서 땀 나게 페달을 밟고 있었던 거다.

"그렇다고 할 수 있지. 인마, 그런데 너 언제까지 아줌마라고 부를 거냐? 이제 엄마라고 좀 불러라. 내가 민망해 죽겠다."

"죽을 때까지 안 부를 거야. 우리 엄마는 한 사람뿐이야. 아빠가 엄마랑 살 때도 페달을 계속 밟았으면 좋았잖아. 그러면 엄마랑 헤어지지 않았을 거 아냐."

동재가 투정 부리듯 말했다. 아무리 생각해도 아쉽고 안타까운 일이었다.

"그건 아빠도 미안하게 생각하고 있어. 그래서 다시 실패하지 않으려고 열심히 노력하는 거야. 그러니까 너도 협조 좀 해. 아빠가 또 실패해서 세 번째 엄마를 만들어 주거나 평생 홀아비로 살기를 바라지는 않겠지?"

평생 홀아비로 사는 건 모르겠지만 세 번째 엄마는 상상하기도 싫었다.

"왜 아빠가 잘못해 놓고 나더러 협조하래?"

동재가 볼멘소리로 말했다.

"그땐 몰랐는데 어떡하냐?"

"아빠 바보야? 어른이 그런 것도 모르고."

"그래, 바보같이 몰랐다. 하지만 실패했다고 해서 후회만 남는 건 아니야."

"그러면?"

"네 엄마와 사랑했던 때의 행복한 기억도 분명 가슴 어디 한 구석에 있을 테고, 그 덕분에 힘든 시기를 견딜 수 있었던 것도 맞고, 그리고 또 덕분에 너 같은 아들도 생겼잖아. 그러니 비록 이혼했어도 실패나 손해만은 아닌 거지. 아빤 너도 오늘 일을 그렇게 받아들이면 좋겠다. 그 아이랑 좋았던 기억도 많을 거잖아."

'덕분에 너 같은 아들도 생겼잖아.'

동재는 간지러우면서도 스스로가 소중해지는 듯한 기분이 들었다. 그리고 연아 덕분에 행복했던 기억들이 떠올랐다. 그 애가 있어서 교실 안이 한결 따스했던 것, 처음 고백하던 날 세상을 다 얻은 것 같던 기쁨, 프러포즈를 성공하고 난 뒤의 충만한 자신감, 미트볼을 더 주고 싶어 하던 연아의 마음, 아이들 몰래 슬리퍼를 주던 연아의 미소가 떠올랐다. 그런 연아가 이제는 여자 친구가 아닌 거다. 껍데기만 남은 듯 허전했다.

동재는 다시 울기 시작했다. 동재가 우는 동안 아빠는 조용히 기다려 주었다. 가로등 불빛이 아빠의 한쪽 얼굴에 그늘을 드리웠다. 그 모습을 슬쩍 훔쳐본 동재는 아들이지만 아빠를 속속들이 알고 있었던 건 아님을 깨달았다. 동재는 눈물을 닦고 앞을 바라보았다. 차들이 쉴 새 없이 오갔고, 거리는 여전히 사람들로 북적였다. 성당에 갈 때는 크리스마스이브를 즐기는 연인들만 있는 줄 알았는데 이제 보니 보행기를 밀며 가는 허리 굽은 할머니도 있었고, 술에 취해 비틀거리는 아저씨도 있었다. 아이들끼리 손을 잡고 가는 모습도 보였고, 선물 상자를 바닥에 팽개치며 싸우는 여자와 남자도 보였다.

그리고 첫사랑의 아픈 기억 때문에 평생 다른 사랑을 하지 못할 것 같은 자신도 있었다. 이런 게 세상이고 살아가는 일일까?

"아빠가 사랑에 관한 개똥철학 하나 더 이야기해 볼까."

침묵을 지키던 아빠가 불쑥 말했다. 동재를 마냥 어리게만 취급하던 아빠가 오늘은 이상했다.

"뭔데? 얘기해 봐."

아빠 말을 다 이해할 수 있을 것 같았다. 아빠가 동재 어깨에 팔을 두르며 말했다.

"앞으로 살면서 넌 많은 사랑을 하게 될 거야. 그때마다 온갖 감정들을 경험하겠지. 기쁨과 행복만 있는 건 분명히 아닐 거야. 아빠는 우리 아들이, 그 사랑들을 만날 때마다 진심을 다했으면 좋겠다. 그리고 그 사랑이 널 성장시켜 준다면 그 사랑은 어떻게 끝나든 해피엔딩인 거야."

엄마가 다시 스페인으로 간 뒤 동재도 일상으로 돌아갔다. 학원 예비 중학 반에 다녔고 남는 시간은 민규와 피시방에서 보냈다. 놀이공원에 가거나 비싼 아이스크림을 먹거나 영화 볼 돈은 충분했지만 함께할 연아가 없었다. 혼자 있을 때면 문득문득 아릿한 통증이 쓴 물처럼 넘어왔다. 그러는 사이 나이도 한 살 더 먹었다.

열세 살과 열네 살이 주는 느낌의 차이는 엄청나게 컸다. 교복과 가방을 사고 입학 선물들을 받자 중학생이 되는 게 실감 났다. 은재도 그동안 모은 돈으로 동재에게 입학 선물을 사 주었다. 신경 써서 고른 듯한 스포츠 시계는 마음에 딱 들었다. 새로운 생활에 대한 설렘이 봄바람처럼 가슴을 스치고 지나갔다.

하지만 동재에겐 끝내지 못한 숙제처럼 마음에 얹힌 게 있었다. 연아가 이별을 통고하면서 이유로 든 '안 맞는 것 같다'는 말이었다. 연아가 운명의 상대인 양 잘 맞는다고 여겼던 동재는 그 말이 이해도, 수긍도 가지 않았다.

그 이유를 알게 된 건 앞집에서였다. 방학이 되면서 동재는 가끔 은재를 따라 앞집에 놀러 가곤 했다. 그날은 할머니가 오래전 거라며 보드게임을 꺼내 주었다. 요즘 것에 비해 단순했지만 그런대로 재미있었다. 할머니에게는 미안한 말이지만, 환한 낮의 시간을 암막 커튼으로 가로막은 채 보드게임을 하고 있노라니 시간대가 다른 판타지 세계에 들어온 듯 신비로운 기분이 들었다. 판타지 세계의 제왕인 할머니는 나비를 품에 안은 채 흔들의자에 앉아 졸고 있었다. 대신 다른 고양이 세 마리가 캣타워 여기저기에 앉아 동재와 은재를 지켜보았다.

게임을 하던 중 탁자 위에 있던 은재 휴대폰에서 메신저

알림음이 울렸다. 보려고 한 건 아닌데 화면이 저절로 눈에 들어왔다. 연아임을 안 은재가 슬며시 휴대폰을 엎어 놓았다. 크리스마스이브 이후 동재 앞에서 '연아'는 금기어였다. 동재는 할머니 쪽을 슬쩍 보았다. 흔들의자는 멈춰 있고 할머니는 코까지 가늘게 골았다.

"답해."

동재는 쿨한 척 말했다. 머잖아 중학생도 되는데 이젠 실연의 상처를 깨끗이 털어 버리고 싶었다. 은재가 동재 얼굴을 살피듯 보았다.

"나, 이제 괜찮아. 연아는 그 자식이랑 잘 사귀냐?"

동재는 정말 괜찮다는 듯 안부까지 물었다.

"헤어졌는데 뭘 사귀어."

"왜? 그 자식 다시 만나려고 날 찼으면서."

은재가 동재를 빤히 보다 결심한 듯 말했다.

"오빠, 연아 언니가 처음 오빠를 좋아한 게 언젠지 알아?"

동재는 무슨 말인가 싶어 은재를 보았다.

"언니가 절대 말하지 말래서 비밀로 했는데, 6학년 1학기 때였대."

그럼 동재보다 먼저 좋아했다는 말이다.

"근데 왜 나한테 말 안 했대?"

뒤늦은 안타까움이 폭풍처럼 밀려왔다.

"1학기 말쯤, 비 오는 날이었대. 언니가 우산이 없어서 현관 앞에 서 있는데 오빠가 자기는 학원 차 타고 가니까 괜찮다면서 우산을 쥐어 주고 막 뛰어갔대. 그때부터 좋아했는데 용기가 없어서 고백은 못 했대."

동재는 기억나지 않는 일이었다. 그래서 놓고 간 텀블러를 챙겨 준 건가. 동재가 처음 연아를 좋아하게 된 순간이다.

"그러다 그 감정이 흐지부지됐는데 방찬혁이 막 들이댄 거야. 연예인이 그러니까 좋기도 하고 신기하기도 해서 얼결에 사귀었지만 오빠도 알다시피 얼마 안 가 헤어지고 오빠랑 사귀었잖아. 연아 언니, 오빠한테 고백받았다고 엄청 좋아했었어."

"그래 놓고 왜 그렇게 금방 맘이 변했대냐?"

동재가 따지듯 물었다.

"언니는 오빠가 자기를 진짜 좋아한다고 느꼈던 게 프러포즈하던 날뿐이었대."

"뭐? 내가 얼마나 연아를 좋아했는지 너도 알잖아!"

게임을 멈추고 동재가 소리쳤다. 차인 이유가 뭐라고 해도 그보다 억울하진 않을 것 같았다. 연아에게 잘 보이려고 했던 갖가지 노력들이 되감기 장면처럼 빠르게 돌아갔다.

"연아 때문에 빚도 지고, 집안일 알바도 한 거 너도 다 알잖아."

"그런데 연아 언니는 오빠가 직접 만날 때랑 메시지 할 때랑 너무 다른 사람 같았대. 처음엔 톡 할 때가 진짜 오빠 모습이고, 만났을 때는 부끄러워서 그러나 보다 생각했는데, 점점 그 반대 같다는 생각이 들더래."

"와, 진짜 어이없다. 자기가 방학 때까지 학교에서는 티 내지 말자고 해서 조심한 건데."

동재가 언성을 높이자 나비가 할머니 무릎에서 뛰어내려 어디론가 사라졌다. 서슬에 흔들의자가 다시 움직였지만 할머니는 눈을 뜨지 않았다.

"연아 언니가 오빠한테 정말 실망해서 헤어질 마음 먹은 게 언제인지 알아?"

"언젠데?"

"오빠랑 단둘이 처음 만났던 날 배스킨라빈스 갔을 때래."

동재는 당황했다. 연아와의 기억 중에서 가장 지우고 싶은 순간이었다.

"그때 아이스크림 주문하는데 오빠가 도망쳤다며?"

"그, 그건 돈이 없어서……."

동재는 그 순간인 양 얼굴이 화끈거렸다. 하지만 한편으로 서운한 감정이 울컥 올라왔다.

"근데 걔는 내가 해 준 게 얼마나 많은데 아이스크림값 좀 안 냈다고 헤어질 생각을 하냐."

"그래서가 아니지. 처음부터 돈 없다고 솔직하게 이야기 했으면 좋았잖아. 하고 싶은 거 다 하라고 큰소리쳐 놓고선 비겁하게 도망친 거잖아. 언니가 얼마나 당황스러웠겠어?"

연아가 기억하는 자신의 마지막 모습이 그렇게 비겁하고 찌질한 것이라니. 동재는 차라리 보드 판에 그려진, 입을 쩍 벌린 악어의 밥이 되고 싶었다.

"나도 오빠가 연아 언니를 얼마나 좋아했는지 잘 알아. 그치만 오빠 마음이 언니에게 전해지지 않았다면 오빠 잘못도 있는 거지. 연아 언니는 오빠가 비싼 커플링이나 선물로 언니 마음을 잡으려고 하는 것도 실망스러웠대. 방찬혁이랑 다를 거 없다고."

동재는 은재 입을 통해 듣는 자신의 모습이 점점 부끄러워졌다. 처음의 억울함은 사라지고, 연아가 그렇게 느꼈다면 그건 자기 잘못이란 생각이 들었다.

그때 할머니가 눈을 감은 채 잠꼬대처럼 말했다.

"그게 누구 잘못이라고 꼬집어 이야기할 수 있겠니. 그저 사람 대하는 일에, 사랑에 서툴러서 그런 거지. 그러면서 배우는 거지."

동재에게, 또 할머니 자신에게 하는 이야기 같았다.

횡단보도 중간에서 동재는 연아와 엇갈렸다.
스쳐 지나갈 때 연아의 웃음소리가 들려온 듯했다.
그 애 표정 하나에 노심초사하던 기억이 아릿하게 떠올랐다.
그동안 바닥에 눌러 두었던 아주 사소한 기억들까지
햇살에 비치는 먼지 알갱이처럼 일시에 부유하며
동재의 가슴속을 휘저었다.

건너편에 다다른 동재는 뒤돌아서서
연아의 뒷모습을 바라보았다.
아무리 서툴고, 창피하고, 아픈 기억이라고 해도
추억이 없는 것보다는 나았다.
연아는 아이들 틈에 섞여 교문 안으로 들어갔다.
동재는 똑같은 교복을 입은 아이들 속에서도
여전히 연아를 찾아낼 수 있었다.
아이들 틈으로 사라지는 연아를 보며 동재는 가만히 속삭였다.
"안녕, 내 첫사랑!"

모든 사랑은 첫사랑이다

내 첫사랑은 초등학교 6학년 때 찾아왔다. 35년도 더 지난 일이라 이제는 그 애 얼굴도 이름도 잊었지만, 그때의 설레던 마음만은 생생하게 기억난다. 키 크고 의젓하고 공부도 잘하던 그 애와 키도 작고 공부도 못하고 어리바리하던 내가 짝이 될 수 있었던 건 그 애의 안경이 깨진 덕분이었다. 선생님은 그 애가 안경을 새로 맞출 때까지 앞에 앉도록 자리를 바꿔 주셨다.

그동안 반장인 그 애가 앞에 나와 자습을 시키고 회의를 진행하는 모습을 콩닥거리는 가슴으로 바라보기만 했을 뿐, 감히 좋아한다고 생각조차 못 하던 나는 그 애와 한 책상을 쓴다는 사실이 믿기지 않았다. 내 짝이 된 그 애는 숫기 없는 내게 말도 걸어 주고, 숙제 안 해 온 명단에서 이름을 빼 주기도 했다.

그러던 어느 날 산수 시험을 보게 되었다. 선생님은 그 며칠 전부터 시험을 못 본 사람에겐 나머지 공부를 시키는 것은 물론 부모님을 호출하겠다고 으름장을 놓았다. 그런데 나는 6학년 산수를 하나도 몰랐다. 솔직히 말하면 이미 4학년 때부터 산수를 손에서 놓았었다. 문제 풀기를 포기한 채 시험지 빈 곳에 낙서를 하고 있는데, 그 애가 나를 툭 치더니 자기 시험지를 슬쩍 보여 주었다. 제대로 베꼈는지, 그 덕분에 나머지 공부나 부모님 호출을 면했는지는 전혀 기억나지 않는다.

나는 그 애가 내게 호의를 베푸는 이유가 날 좋아하기 때문이라고 생각했다. 하지만 며칠 뒤 그 애는 안경을 찾아 제자리로 되돌아갔고, 전부터 좋아한다고 소문이 났던 여자

부반장과 본격적으로 연애를 시작했다. 그때부터 나는 사랑의 열병을 앓게 되었다.

지금 생각해 보니 그 애는 나를 좋아한 것이 아니라 천성적으로 친절하고 착한 아이였던 것 같다. 비록 착각이긴 했어도 내게는 첫사랑이었던 그 일을 통해 나는 아주 많은 감정들을 경험했고, 아동기에서 벗어나 비로소 청소년기로 접어들었다.

이 책의 이야기는 내 경험을 바탕으로 쓴 것은 아니다. 하지만 모든 사랑은 첫사랑이라는 말도 있는 것처럼 내가 경험했던 첫사랑과 주인공 동재가 겪는 첫사랑의 감정이 많이 다르지는 않을 것이다. 어떤 사랑이든 몇 번째 사랑이든 그 마음은 같을 것이기 때문이다.

나는 특히 이 작품에서 아들과 딸을 낳아 키우면서 더욱 분명하게 느꼈던 남성과 여성의 차이와 그로 인한 오해나 거리감 같은 것들을 함께 그리고자 했다. 또한 사춘기 소년의 사랑은 물론 노년의 사랑, 장년의 사랑도 함께 다뤄 사랑의 본질과 의미를 살펴보고 싶었다.

이 작품을 쓰는 동안 나는 첫사랑의 열병을 앓던 열세 살로 돌아가 있었다. 오랜 세월의 거리 때문에 힘들면서도 행복한 시간이었다. 나는 독자들이 이 책을 읽는 동안 내가 그랬던 것처럼 사랑 때문에 설레고, 기쁘고, 아프고, 행복하길 바란다.

2009년 봄, 이금이

작가의 말 개정판

'관계'에 관한 이야기

인터넷에서 청소년들의 이성 교제에 관한 기사를 보았다. 이성 교제 시 남자 청소년의 고민 1순위는 데이트 비용이고, 여자 청소년의 고민 1순위는 스킨십과 관련된 것이라는 내용이 있었다. 청소년뿐 아니라 성인들의 이성 교제에서도 이어지는 고민일 것이다. 또 시대가 바뀐다고 해서 명쾌하게 해결될 고민 같지도 않다.

『안녕, 내 첫사랑』은 아들아이가 6학년 때 처음 여자 친구 사귀는 걸 지켜보면서 했던 고민에서 시작됐다. 사춘기에 이르러 시작한 아들의 첫 이성 교제는 내게도 남다르게 다가왔다. 내가 연애를 하는 것처럼 설레면서도 내심 놀라웠던 건 사랑에 대한 아들아이와 그 또래들의 관심과 고민이 성인과 별다를 게 없다는 점이었다. 어른들이 아이들의 사랑에서 황순원의 「소나기」를 떠올리며 미소 지을 때 당사자인 아이들은 줄지어 선 '~데이 이벤트'와 '스킨십' 문제를 고민하고 있었다.

아들아이의 첫 이성 교제는 변변하게 사귀어 보지도 못하고 끝이 났다. 하지만 그 일은 내 가슴속에 많은 생각거리를 남겼고, 그 자리에서 이야기가 피어나기 시작했다.

나는 첫사랑을 시작한 사춘기 소년의 이야기로 사랑의 가치와 본질에 관한 성찰은 물론, 사랑할 때 부딪히는 소소한 문제들을 현실적으로 그려 보고 싶었다. 또한 '관계'에 관해서도 생각해 보고 싶었다.

남녀 간의 사랑도 인간과 인간 사이의 관계로부터 출발

하며 어떤 관계든지 인간에 대한 예의를 지켜야 한다. 남성과 여성이 서로 다름을 인정하고 존중하며 소통하는 훈련을 어린 시절부터 해야 성인이 돼서도 성숙하고 건강한 사랑을 할 수 있다. 그런 이야기를 하기 위해서는 아이들보다 세상을 앞서 산 어른들의 역할과 다양한 유형의 사랑이 필요했다. 동재와 연아뿐 아니라, 부모 세대인 장년의 사랑, 조부모 세대인 노년의 사랑까지 등장하는 이유다.

어른을 그릴 때 이상적인 모습보다는 현실적인 모습을 보여 줌으로써 어른 역시 '사랑' 때문에 희로애락의 감정을 느끼며 변화해 가는 존재임을 말하고 싶었다. 어른들은 동재가 사랑의 난관에 봉착했을 때 자신의 실패에서 깨달은 지혜로 조언해 주거나 상처를 어루만져 준다. 동재의 연애담 또한 서툴고 실수투성이지만 그 사랑이 있었기에, 좀 더 성숙한 다음 사랑을 기대할 수 있는 것이다.

이 책은 2009년에 출간된 『첫사랑』의 개정판이다. 개정판에선 『첫사랑』을 쓸 때 알게 모르게 가지고 있었던 성별 역할에 대한 편견과 남성, 여성 '다움'에 관한 고정관념 등이 담긴 표현들을 수정했다. 그뿐 아니라 더 흡인력 있도록 덜어낸 부분도 있고, 의미를 더하기 위해 추가한 내용도 있다.

책 제목도 『안녕, 내 첫사랑』으로 바꾸었다. '안녕'이라는 인사말엔 만남과 헤어짐의 의미가 다 담겨 있다. 우리는 매 순간 새로운 삶과 만나고 또 작별하며 살아간다. 그 과정에서 겪고 느끼고 깨달은 것들로 내가 만들어진다.

'안녕, 내 첫사랑!'

동재의 다음 사랑과 독자 여러분이 시작하게 될 사랑을 응원하고 싶다.

2021년 늦가을, 이금이

이금이 청소년문학

안녕, 내 첫사랑

초판 1쇄 펴낸날 2009년 4월 30일
초판 10쇄 펴낸날 2018년 3월 15일
개정판 1쇄 펴낸날 2021년 11월 22일
개정판 3쇄 펴낸날 2024년 4월 10일

지은이 이금이
펴낸이 이어진
편 집 오지숙
디자인 잇

펴낸곳 밤티
등 록 2020년 5월 18일 제2020-000081호
주 소 04590 서울시 중구 다산로 156 부흥빌딩 2층 136호
전 화 02-2235-7893
팩 스 02-6902-0638
이메일 bamtee@bamtee.co.kr
홈페이지 www.bamtee.co.kr

ISBN 979-11-91826-04-3
979-11-971205-3-4 44810(세트)

• 이 책은 출판사 푸른책들에서 2009년에 출간한 『첫사랑』의 개정판입니다.